兄弟は恋人の始まり

鳩 村 衣 杏
Ian Hatomura

LUNA NOVELS

Illustration

陸裕千景子

CONTENTS

兄弟は恋人の始まり

1

「カジ」

常葉《ときわ》出版自社ビル内の社員食堂で遅い昼食を取っていた鍛治舎一《かじしゃはじめ》は、聞き覚えのある声に顔を上げた。たぬきうどん定食を載せたトレイを持っていたのは、営業部の先輩社員の西岡《にしおか》だ。

「……あ、お疲れさまです」

咀嚼《そしゃく》していたメンチカツを飲み込み、一は言った。窓から見える二月の空には霞がかかり、冷たさの中にもかすかな春の訪れを匂わせている。

「よかったな、映画化。来年公開だって?」

向かい席に腰を下ろしながら尋ねる西岡にうなずく。

「はい、春の予定ですけど……よろしくお願いします」

一は文芸一部の文芸二班に所属し、大衆小説誌『小説マリウス』編集部で働いている。入社六年目にして担当作家、入江《いりえ》の作品『画商《がしょう》の帽子《ぼうし》』の映画化が決まり、今日の社内報メールで一斉に社員に告知されたのだ。

実は昨年から水面下で準備は進められていたのだが、ようやく脚本の第一稿が上がってきたことで、まだ社内だけだが情報公開となった。そんなこんなで一は顔見知りの社員に会う度に、冷やかしや激励の言葉をもらっていたのだった。

「増刷かけなきゃなあ」

西岡がほくほく顔で答える。小説を書いたのは作家だが、自分が手伝った作品が様々な形で世に広がっていく……と思うと一も嬉しい限りだった。

「その前に映画の宣伝を盛り込んだ帯を作って、かけ直さないと……」

「いろいろ忙しくなるぞ」

「そこはちょっと心配です。俺、こういうの初めてなんで……よその連中みたいに取材とかに慣れてないし……」

「なんとかなるさ。メディア部のバックアップもある」

そこで西岡は箸を一に向け、ニヤニヤ笑いを浮かべた。

「美女との色っぽい出会いもあるかもしれないぞ～。女優とか、女子アナとか……」

「またまた……変な期待持たせないでくださいよ。それでどうにかなるなら、『クール・ドレ』や『ガルパピ』の連中は、とっくにセレブ妻持ちになってるはずじゃないですか」

『クール・ドレ』も「ガルパピ」こと『ガール・パピヨン』も常葉出版発行の女性誌だ。前者は三十代向け、後者はティーン向けとターゲット層に違いはあるが、どちらも有名女優や人気モデルを多数起用し、好評を得ている。

「そりゃ誰でも……ってわけにはいかんだろうが、お前は社内屈指のイケメンだからさ」

「編集者としか見てませんよ、相手は」

「そういうんじゃなくて——社内のイケメンがとっととセレブとくっついてくれれば、女子社員がこっちに目を向けてくれる確率が上がるってことだよ」

「西岡さん、何か勘違いしてますって……」

そう言うと、一は眉《まゆ》をひそめてかぼちゃの煮付けを口に放り込んだ。

一は読書、テレビ番組や映画の鑑賞が好きな「インドア派」の子どもだった。幼い頃に父親を亡くし、母子家庭だったので自然と「金のかからない遊び」に目が向いたらしい。外で友人と遊ぶか、その友人がいないときは図書館へ行くかしていた。とてもじゃないが、母に「みんなが持ってるゲーム機を買って」とは言えなかったのだ。

しかし、そんな生活が関心を創作や報道へ向かわせ、いずれはマスコミ関係で働きたいと思うようになった。大学ではマスメディアについて学び、テレビ局、ラジオ局、新聞社、出版社……と片っぱしから受験して、内定通知をくれた数社の中から常葉出版を選んだ。社会や政治より、世俗や流行などへの好奇心のほうが強いことに気づいたからだ。

希望はファッションやテレビ情報などを誌面に映す華やかな雑誌の編集部だったが、送り込まれた先は新人作家の登竜門《とうりゅうもん》として人気の『小説マリウス』だった。研修中の適正テストや性格などから「向いている」と判断されたらしいが、自分ではよくわからない。

確かに小説も好きだが、活字に耽溺《たんでき》し、作家の面倒を見るよりはフルカラーの雑誌を作りたい――という思いは今も消えず、年に一度提出を許される「異動希望届」には『クール・ドレ』の男性誌『クール・ドレ・オム』の名を書き続けていた。同期入社の中には編集職を希望しながら営業や総務などの配属になった連中もおり、彼らからは「贅沢《ぜいたく》言うな」と叱咤《しった》されているが、希望は希望とばかりに毎年書くだけ書いて出している。

つまり、いまだに一の感覚は一般読者に近いミーハーなままなのだ。従って、世の中が「イケメン」「癒《いや》し系」など安易なカテゴライズが好きなのもよく知っているし、自分で使うことも少なくない。しかし、自分がそう呼ばれる立場になってわかった。個性を無視した大まかな括《くく》りに入れられるのは、決して愉快なものではないと。

おまけに「イケメン」と誉めてくれるのが実は同性だと、最近になって気づく出来事があった。

「この間、同期の女子から言われたんです……カジは『残念なイケメン』って呼ばれてるよーって」

「うわー、それはキツい」

「そんなもんですよ。女はシビアです。顔よりも財力、男としての能力なんですよ」

「うーん、まあ……言っても笑って流してくれる懐の深さがあるから言ったんだ、と思えば……その……」

「許せますか？」

「……許す、許さないの前に、ヘコむなー」

「そうなんですよ！　だから嬉しくもなんともないんです、イケメンなんて！」

一はふて腐れ顔でメンチカツをほお張った。

顔は親からもらったものだが、不細工よりは整っているほうがいい。しかし「残念な」の部分は自分の責任だ。しかも事実なのだから始末に悪い。

望みの編集部が他にあるとはいえ、仕事は仕事として一は精一杯の努力をしていた。基本的に楽しいことや笑うことが好きで人当たりがいいので、担当作家との関係は上々である。ただ、なかなかヒット作を生み出せない。

良い作品は売れる——とは限らないのが嗜好品の難しいところだ。それは編集者も作家も理解している。理解してはいても、やっぱり売れないよりは売れたほうがいい。

一はなまじ顔と性格がいい分、周囲の期待が高い。それを外していることが「残念な」と言われる理由だった。

「じゃあ、あっちは文句なしに『顔も中身もイケメン』だな」

西岡が顎《あご》で示した先には、食堂を出ていこうとしている長身の男がいた。

「ちょうどいい、映画化の注意点をご教授いただけよ——おい、田中《たなか》！」

「あっ、ちょっと——」

呼ばなくていいです！　と一は西岡を止めようとしたが、遅かった。声をかけられた男は空になったトレイを手に近づいてきて、低い声で西岡に言った。

「お疲れさまです」

名は田中瑳苗《さなえ》、一の同期入社である。しかもその年に同じ文芸一部配属になったのは、一と瑳苗のふたりだけだった。

「急いでるか？」

「少しなら」

「じゃ、ちょっと座れや」

「はい」

瑳苗は一をちらっと見た。

「よう」

ついでに言った、というのがあからさまだった。腹が立ったが、それを見せては同レベルに落ちる。仕方なく一は無理に笑みを浮かべた。

「久しぶり」

瑳苗はそれには答えず、一の隣に腰を下ろした。向かい席の西岡が言う。

「カジが映画化の話を聞きたいんだとさ。お前、五作もやって慣れてるだろ？」

確かに助言は欲しいが、この男には金をもらっても頼みたくなかった。しかし西岡の手前、一は黙っている。

「別に注意することなんかありません。作家の立場で動くだけです」

瑳苗はあらかじめ返事を用意しておいたかのように、すらすらと答えた。

「映像化されればうちにも作家にも金が入るし、知名度も上がります。しかし、作家が必ずしも喜ぶとは限りません。そのために作品を書いたわけじゃありませんから」

突き放すような言い方に西岡も鼻白《はなじろ》む。

「そりゃそうだろうけど……」

こういう会話を一は予想していた。だから呼んでほしくなかったのだ。

「映画って、入江先生の『画商の帽子』だろう?」

表情を変えずに瑳苗が言った。

「よくあれを映画の題材に選んだもんだ。映像化向きの話は他にもあるのに」

自分をけなされたわけじゃないとわかってはいてもついムッとしてしまい、一は言い返す。

「あれはいい話だし、わかりやすい。ドラマにするには――」

「テレビなら、な」

「え?」

「金を取らないテレビドラマなら、どうにかなる」

「おい、どういう意味だよ。金を払うに値しないってことかよ」

喧嘩《けんか》腰になる一を西岡が「まあまあ」といさめる。しかし、一は瑳苗から視線を外さない。

「そうは言っていない」

瑳苗は落ち着き払った様子で言った。

「あれはいい作品だ。しかし映像化には向いていない。入江先生の文章は味わい深い。それを噛みしめることで完成される作品なのに、映像化しようというほうが間違っている」

鋭い指摘に一は口ごもる。

「そんなこと、俺に言われても……」

実は上がってきた脚本が、編集担当の一としては「今ひとつ」な出来に思えたからだ。そつなくまとまっているだけで、瑳苗が言うような「味わい深さ」をすくい取っているようには見えない。

もちろん、映像には映像にしかない表現があり、小説とは異なるものだと理解している。原作者の入江が納得すればそれでいい、とも思う。その反面、なんとなく引っかかるものを感じていた。

「お前に言ったつもりはない。この国は、何でもかんでも便利でわかりやすい物を作れば売れる、それが進化だと思い込んでる。そういう風潮が文化を駄目にするんだ。うちの会社も含めてな」

反論する前に、瑳苗の顔に「以上」という札が出たように見えた。

「会議があるので失礼します」

言うだけ言って瑳苗は立ち上がり、西岡に軽く頭を下げて去っていった。

「ム……ムカつく……！」

一は押し殺した声を漏らす。しかし、西岡の反応は違った。

「はー……熱いなあ」

「え？」

「小説とか文芸への愛があふれまくっとる」

「愛？」

西岡は感心を隠さずに続ける。

「あんなふうに言い切るってことは入江先生の本を全部、しっかり読み込んでる証拠じゃないか」

あ、と一はつぶやいた。

「それはまあ……でも、あんな言い方しなくてもいいじゃないですか」

「反撃の余地なし、だったもんなあ」

「あいつ、いつもああなんですよ――」

空になった席を見て、一は言った。

田中瑳苗には毒がある。しかし、実績が伴っている男が吐く毒は薬となり、ありがたがられる。

瑳苗は一と同じ文芸一部の社員だが、所属は純文学専門の一班だ。常葉出版創業時から発行が続いている看板文芸誌『小説蒼茫《そうぼう》』編集部にいる。

文芸部の生え抜き――は一も同じだが、新人が『蒼茫』に入るのは十数年ぶりだとかで、当時社内でも「社長のコネに違いない」「大御所作家に見初められた」など黒い憶測が飛び交い、悪い意味で注目されていた。実際、水面下では営業部や他の編集部の間で争奪戦が繰り広げられていたらしい。

当初は新人作家や地味で知名度の低い作家を担当していたが、瑳苗は続けざまに文学賞や新聞で絶賛される作品を書かせ、入社六年で手がけた作品が五つも映像化された。敬遠されがちな純文学と沈んだ作家にスポットライトを当てる辣腕《らつわん》編集者として業界内で話題となり、「担当を田中瑳苗に変えてほしい」「田中瑳苗が担当してくれるなら常葉出版で書いてもいい」とはっきり言う作家も現れ始めた。

今では会社の枠を超えて「純文の星」と謳《うた》われている。抱える作家には日本文学界の重鎮や大御所も少なくなく、瑳苗は窓口としてマネージャーのような役目もこなす。それは常葉出版に限ったことではない。インターネットが発達した昨今でもプロモーションが苦手な作家のため、自社の仕事を優先してもらうためにも必要な職務のひとつだった。

そんな内外での評判や仕事ぶりから社長の信頼も篤《あつ》く、噂では「他編集部への異動を固く禁ずる」という社長命令が部長に下った――とかなんとか。それが事実かどうかはともかく、文芸一部、海外書籍部の名編集者を経て取締役となった柴田《しばた》のお気に入りであることは間違いないらしい。

さらに精悍《せいかん》な美貌《びぼう》の持ち主ときては、不遜《ふそん》な言動にも説得力が出る。だが、一にとっては嫌味以外の何者でもなかった。期待外れと思われている自分とは対照的に、期待以上の「何もかもがイケメン」だからだ。文句を言っても僻《ひが》みとしか見られないのが、さらに悔しさを煽《あお》る。

「まあ、カジはカジのやり方でやりゃあいいんだよ。お前の持ち味はその単純さ、素直さだから――」

「だから腹が立つんですよ！」

「お？」

「こんなにがんばってんのに、どうしてあんな捻《ひね》くれ者に勝てないんですか！」

「正直者VS捻くれ者、か……」

ははは……と笑った後、「いいじゃないか」と西岡は言った。

「同期のライバルがいてこそ、男は強くなるもんだ。鬱陶《うっとう》しいかもしれんが、いなきゃいないで寂しいもんだぞー。俺の同期は五十人ぐらいいたが、今じゃ部長の頭髪並にスカスカだ」

一は思わず吹き出しそうになった。

もちろん、一とて最初から瑳苗を嫌っていたわけではない。縁なのか、入社試験で同じ面接グループになったのが出会いだった。あまりの美貌に一瞬、緊張を忘れたほどだ。面接での受け答えは堂々たるもので、自分の合否はわからなくても瑳苗が合格なのはその場で確信できた。

その瑳苗に入社式で再会し、一は喜んだ。

たとえ同性であろうと、容姿も態度もランクがあまりにかけ離れた存在に対しては、嫉妬《しっと》するより憧れの気持ちが強くなる。強いオーラを放つ俳優や芸能人の前に立ったら頭がぼーっとしてファンになってしまった、などという人間は少なくない。

一は瑳苗に対してそれに近い思いを抱いた。いつまでも見つめていたくなるような美貌、何事にも動じない態度に性別を超えた何かを感じ、悩みなど打ち明けあって一緒にがんばりたいと思ったのだ。

だが、そんな願いはあっさり吹き飛ばされる。

瑳苗は一匹狼タイプの男だった。他の同期からは距離を置き、飲み会などにも顔を出さない。社内で話す機会があっても毒のある物言いをするのでとっつきにくく、誰もが煙たがって触れないようになったのだ。

さすがに三年目あたりから世間話ができる程度にはなったが、部署が同じせいか、一に対してだけは相変わらずあんな調子である。作家を怒らせないのだろうか？　と他人事ながら心配していたが、その後の活躍を見ると余計なお世話だった。

もっとも、他部署の同期が言うには「カジの対処が悪い」らしい。

田中に悪気はない。誰に対してもああいう男なんだから、適当に受け流せばいいのに、いちいちまともに反応するから感情を乱されるんだ——と。

確かにそうかもしれないが、あっちだってもうちょっと大人の対応をしてくれればいいじゃないか、と一は思うのだ。言葉や表現に携わる仕事をしているんだから、言い方があるだろう——と訴えたいのだが、その前に攻撃され、態勢を整える前にマッハの速さで去っていってしまうので、どうしようもない。

小説は作家のものだ。そして、売り上げや賞で優劣は測れない。

わかってはいても、悔しい。

いや、わかっているからこそ、悔しい。

「同期って兄弟に似てるよな」

西岡の言葉に一は眉をひそめた。

「……そうなんですか？　俺、ひとりっ子だからよくわかりませんけど」

「同じ土壌で成長したから、なんでもわかってるような気になるんだが、これが意外にわかってない」

ふんふん……と一はうなずく。

「ところが、些細《ささい》な部分で『ああ、やっぱり兄弟だな』と膝《ひざ》を打つような共鳴があるんだよ。同期には似たものを感じるんだ。恋人でもなければ友人でもない、先輩後輩とも違う……」

「じゃあ、これからわかるようになるのかなあ……実は俺、兄弟ができるんですよ」

一の突然の告白に西岡はハッとした。

「まさか、お母さんが妊娠……？」

「ちょっと……やめてください！　再婚するんですよ！」

「なんだ、びっくりした。ああ、再婚相手の連れ子ってことか。でも、めでたいことに変わりはないな。おめでとう」

「ありがとうございます。今週末、初めて全員で顔を揃《そろ》えて飯食うんです」

ここで西岡の目が光る。

「おい、もしかして美少女が『私、お兄ちゃんが欲しかったの！』みたいな展開が――」

「ゲームのやり過ぎですってば。まあ、それはそれで楽しそうですけど……」

ないない、と一は苦笑した。

「残念ながら男です。歳下らしいから、俺が『お兄ちゃん』は正解ですけどね」

長いこと「結婚生活は死んだお父さんとだけで十分」と言い続けてきた母の口から再婚の相談をされたとき、正直面食らった。相手には息子がひとりいて、その子が小学生の頃に離婚。以来、同じようにふたり暮らしを続けてきたらしい。

一ももういい大人である。そして母はもっともっと大人、人生の大先輩だ。半端な覚悟や甘い考えで口にするはずがないし、問題がありそうな男性を選ぶはずもない。これからの人生を幸せに生きるために決断したんだ――そう思った一は、相手について詮索《せんさく》することなく、「母さんがしたいようにすればいいよ」と祝福した。

その相手、つまり新しい父と弟と今週末食事をする。母はすでに弟になる青年と会っているが、一は父にも弟にも初めて会うので、やや緊張していた。

「ふーん、それはなんつーか……微妙な感じだなあ。兄弟が結婚するってのとも違うもんな」

「遠い親戚程度に思ってたほうがいいかなと……」

父親が元気だった頃、弟が欲しいと無邪気に母にねだったことがあった。まさか三十を目前にして、親になる前に兄になるとは思いもしなかった。

一の口元に照れ笑いが浮かぶ。「兄さん」とか呼ばれたらどうしよう。くすぐったいが、嬉しいかもしれない——。

「名字、変えるのか？」

「いや、今さら面倒なんで」

一は肩をすくめ、茶を飲んだ。この珍しい名字を疎《うと》ましく感じたこともあったが、社会人になった今は「覚えてもらいやすい」という利点に感謝していた。何より、亡き父からもらった名だと思えば愛着がある。ただ、母は「再婚したら鍛治舎の墓に入れない」ことだけが気がかりらしい。

「仮に相手の籍に入った場合、名字は何になるんだ？」

西岡の問いに、一はぼそっと答えた。

「……田中です」

一瞬の間の後、西岡は爆笑した。

「た、田中……よりによって田中って、お前……田中　一か！　おい、いいなあ！　逆の意味で目立つぞ！」

この反応は予測していた。といって一緒に笑う気にはなれなかった。

「ええ、まあ……そういうシンプルな名前に憧れたときもありましたよ……」

母の再婚相手の名字がたまたま「田中」だっただけで、自分にとってはどうでもいいことだと一は思っている。身分制度のあった時代ならいざ知らず、現代の名字に優劣などないし、人間性とも関係ない。だが、西岡が言うとおり「よりによって」という印象は否めなかった。

「なあ……お前の新しい義弟って……」

西岡はテーブルの上に身を乗り出し、楽しそうに言った。

「まさか、田中瑳苗じゃ——」

「やめてください、縁起でもない！　ありえませんって」

思わず反論する。というのも、実は田中家に関する詳しい情報を聞いていないせいだった。義父になる男性とは仕事の関係で出会ったこと、大手企業の重役だということ、義弟になる青年が社会人であることぐらいしか知らない。気にはなったが、仮に瑳苗ならば本人が知らないわけがないし、母も驚くような偶然を話さずにはいられないはずである。

何より、歳下なのだ。田中瑳苗ではない決定的な証拠だ。

「冗談だよ。よくある名前だもんな」

「そうですよ」

一は深くうなずき、思った。

会食にはバリッとしたスーツで行こう。なんたって俺は兄貴になるんだから、と。

2

「……なんでお前がここに？」

うららかな冬晴れの空が広がる土曜の昼下がり、案内された料亭の個室に足を踏み入れた瞬間、一は硬直した。視線の先にいた男の姿が脳と身体からあらゆる機能を奪い、中身はすかすか、皮膚はかちかちのマネキンのようになってしまった。

脳がどうにか通常モードに戻りかけたとき、口からこぼれ出たのが件《くだん》のセリフだった。

「こら、何言ってるの！」

和服の母、俊江《としえ》が一の尻をひっぱたき、ほほほ……とよそいきの笑い声を漏らした。

「申し訳ありません、躾がなっていなくて……息子の一です」

母から笑みを向けられたダンディな初老の紳士は、にこやかに首を振った。

「いやいや、立派な青年じゃありませんか……初めまして、田中勝行《かつゆき》です。ようやくお会いできて嬉しいですよ」

握手を求められ、我に返った一は急いで挨拶《あいさつ》をした。

「あ……ああ、一です。この度はあの……母がお世話になります」

窓の向こうの手入れされた庭からは鳥の鳴き声が聞こえてくる。親同士の熟年再婚を祝う「佳《よ》き日」にぴったりの天候、そしてシチュエーションだ。母が言う「息子をよろしく」というセリフはこれまでに何度なく聞いたが、自分を産んだ親を「よろしく」と言う日が来るとは思いもしなかった。くすぐったいような不思議な感じがしたが、それさえも喜ばしい。

ただひとつ、納得できないのは――勝行の隣にいる男の存在だった。

「倅《せがれ》の瑳苗です」

隣にいるスーツ姿の「なんでお前」が丁寧に腰を折った。

「瑳苗です……初めまして。よろしくお願いします」

一の耳に西岡の勝ち誇ったような笑いが響き渡り、たおやかな「佳き日」のイメージ映像をかき消した。

「な……な、何が『初めまして』だ！　おおおおお前は、お前は、お前は……っ……」

「知らなかったんだ」

「嘘をつけ！」

ここで再び母の平手が一の尻の上で炸裂《さくれつ》した。

「一！　あんたは――」

良縁を潰《つぶ》す気かと言わんばかりの母の視線を受け、一は慌てて勝行に謝ろうとした。ところがそれを遮るようにして瑳苗が頭を下げたではないか。

「すまん、嘘だ。知っていた……というか、そうじゃないかと思ってた」

「な……じゃあ、どうして――」

「申し訳ない、私も息子から聞いていました」

「へ？」

瑳苗に倣《なら》うかのように勝行にも頭を下げられ、一はあんぐりと口を開けた。母も驚いたように勝行を見ている。

その母に向かって、瑳苗は言った。

「僕と一くんは同僚なんです。編集部こそ違いますが、常葉出版の文芸部で働いています」

「あら、まあ……」

本当なの？　という母の表情に、一は苦々しげにうなずいた。

「同期入社なんだ」

「あらー……」

「きちんと説明させていただきます。その前に座りませんか？」

そばで給仕の人間が困惑気味に立っているのが目に入り、仕方なく一はテーブルに着いた。料理とビールを注文し、乾杯の前に――と瑳苗が一に向かって言った。

「最初に言わせてくれ。俺は父と俊江さんの結婚には賛成だ。大賛成だ。父から話を聞いて、即座にそれを伝えた」

俺だってそう思ってる！　と言いたかったが、一はぐっとこらえた。また母にひっぱたかれたくなかったのだ。瑳苗が続ける。

「俊江さんに先に会ったのは俺なんだ」

母、俊江の勤め先はIデパートの紳士服売り場だった。父が死んでからずっとそこでオーダーメイド担当として働き、一を養ってくれた。客の信頼も篤く、五年前からは主任として売り場を仕切っている。

瑳苗の父、勝行がオーダーのシャツを求め、客として母がいる紳士服売り場を訪れたのは約二年前。仕上がりの良さから瑳苗が製品を父の勝行に勧め、勝行と母の出会いが生まれたらしい。

「てきぱきとした接客態度もさることながら、痒《かゆ》いところに手が届くようなプロの仕事に惹かれましてね。何度も通って、ようやくデートに応じてもらったんですよ」

勝行の説明に母が顔を赤らめる。一は自分のほうが恥ずかしくなった。

一方の勝行は、大手生命保険会社の重役だと一は聞いていた。

「ご存じのように、保険会社は大勢の女性社員の力なしには回らない職種です。俊江さんに今すぐにでも我が社に来てほしい――初対面でそう思いました。それがまあ……私の隣に――となりまして」

母の向かい席に座った勝行も少年のように照れている。瑳苗が咳《せき》払いをした。

「俊江さんが一くんの親戚ではないかということは、名前から推測できました。しかし、僕は心配になりました。お恥ずかしい話ですが、僕は人づきあいがあまり上手くありません。社内でもちょっと浮いていますし、一くんとも親しい……とは言えない」

瑳苗の直截《ちょくさい》な言葉に一は驚いた。あの不遜な態度を自覚しているとは思わなかったからだ。しかし、続く言葉のほうがもっと意外だった。

「もしもふたりが親戚——あるいは親子だったとして、嫌われ者の自分の存在が、父と俊江さんの関係に水を差したら……それが怖かった。だから父に、僕の仕事のことは話さないでほしいと頼んだんです」

そこで瑳苗は再び頭を下げた——一と母に向かって。

「父を許してやってください。僕が余計なことを頼んだだけで、父に非はありません」

「まあ、もちろんですよ！　そこまで気遣ってくださったなんて……私はむしろ嬉しいわ」

同意を求めて母が一の顔を見た。気分を害するどころか「興味津々」といった表情を浮かべている。

一の母は大らかでしっかり者だった。ちょっとやそっとのことで動じるような女ではない。だからこそ一は相手のことも子どものことも深く聞かず、見守ってきたのだった。この程度のことで破談になどしないだろう。

問題は瑳苗だった。確かに気に食わないし、だまし討ちにされたという思いは否めない。だが、瑳苗が「僕が悪かった」と正直に謝罪したせいで、一は圧倒的に不利だった。しかも四人のうち三人までが「これでいいのだ」的なムードになっている中、異議を申し立てたら自分だけが悪者になってしまう。それは不本意だ。

「こんなに利発でしっかりした方が嫌われているなんて……私にはとても思えませんわ。謙虚なだけじゃないのかしら」

ねえ？　と母が一を見つめる。口調は穏やかだったが、目は笑っていなかった。

「俺だってこの結婚には賛成してます。それに……何か勘違いしてるようだけど――」

一は瑳苗を軽くにらむ。

「確かに俺と君は親しくはないが、それで親の結婚に口を挟むようなガキじゃない。この場であれこれ言うぐらいなら、とっくに興信所に調査を依頼してます」

腹が立つのは相手の息子が瑳苗だったことではない。瑳苗が黙っていたことなのだ。しかし、それは今ここで問題にすべきではないだろう。

一は視線を和らげ、勝行へ移した。

「母をよろしくお願いします。母はずっと俺の生活を優先してくれました。これからは自分の人生を優先してほしい……そのために隣に置いてやってください」

勝行はしっかりうなずき、微笑んだ。

「ありがとう、一くん。彼女に面倒を見てもらおうなんて、私はこれっぽっちも思っていません。

一緒にいろいろなことをしたいんですよ」

母は安堵の面持ちになり、息子ふたりを見渡した。

「あなたたちが同じ会社で働いているなんて、嬉しいわ。やっぱり縁があるのね。私も今さら口うるさい妻、母親になる気はありません。でもせっかくのご縁なんだから、これを機にみんなで仲良くやっていきましょう」

割り切れない思いをどうにか抑え、一は瑳苗を見てうなずく。それに対し、瑳苗は笑みを浮かべた。

「ありがとう」

一は息を呑んだ。笑顔が人を美しく見せるという意見に異論はないが、並外れた美貌の持ち主の場合、無表情のほうが美が際立つこともある。しかし瑳苗は違った。笑わないなんてもったいない、と思うような笑顔だったのだ。

絵画や宝石を眺めるように、一は瑳苗の顔に見入った。そこで初めて瑳苗の笑顔を見たことに気づき、なぜだか顔が熱くなった。

「じゃあ、食事にしようか」

「あ……ああ」

運ばれてきたビールで乾杯し、贅《ぜい》を尽くした料理に舌鼓を打ちながら、今後の生活について話しあう。勝行も母も再婚を機に退職する、という話は以前から聞いていた。

親ひとり子ひとり、しかも女親ということもあり、一は二十八の今日まで母と同居してきた。遅まきながら、ようやくひとり暮らし初体験か……とぼんやり考えていると、勝行が言った。

「一くん、君さえよければ、うちで一緒に暮らさないかね？」

「は？」

一の視線は瑳苗に移る。ラブラブ新婚カップルと一緒というだけでも気まずいのに、こいつと――と思っていると母が口を挟んだ。

「一年だけでもいいんだけど……家族四人で過ごしてみたいのよ」

瑳苗は黙って箸を動かしている。ということは相談済みなのだろう。俺だけ事後承諾かよと苦々しく思ったが、母の頼みはむげにできない。

「それはまあ……でも、邪魔じゃないんですか？　いきなりふたりも増えたら……」

「部屋はある」

勝行の説明によれば、家は勝行・瑳苗のふたり暮らしには広過ぎだった。離婚直後、土地ごと売り払う話も出たのだが、そのまま住み続け、十年ほど前に改築したのだという。二世帯住宅のように一階と二階を分離させ、出入り口を新たに造って勝行親子は一階に住み、二階は他人に貸していたらしい。

「その一家が、ご主人の転勤で海外へ行くことになったんだよ。いよいよ売ってしまおうかとも思ったんだが……二階部分を瑳苗と一くんに住んでもらったらどうかと」

「え……ふたりで？」

四人じゃねえじゃん、一世帯がふたつじゃん。しかもこいつと同世帯——？

「いや、それはさすがに……」

一はぶんぶんと首を横に振った。

「結婚の予定でも？」

「残念ながらありません。しかし、歳も歳ですし……」

瑳苗に視線を送り、助けを求める。このときばかりは、反目しあっていることを利用するしかない。

「瑳苗くんに結婚の予定があるかもしれませんし、そうしたらそれこそ二世帯で——」

「ない」

期待を裏切って、瑳苗はいつもの調子できっぱり答えた。

「僕は承知しています」

「……って、おい！」

「じゃあ、いいわよね」

有無を言わせぬ口調の母にねめつけられ、一は黙った。

「よかった。食事は私が作るから、朝晩はこっちで一緒に取ればいいし……お掃除もお洗濯もするわ。なんたって専業主婦になるんだもの！」

母は少女のように目をキラキラさせている。再婚もさることながら、専業主婦に憧れを寄せているようだ。勝行も「私も手伝おう。何かしていないとボケてしまうからね」と盛り上がっている。息子すら入り込めないふたりの世界だった。

「それにほら、弟が欲しいって言ってたじゃない。せっかくなんだから……」

無邪気な母の言葉に一はハッとし、瑳苗を問い詰める。

「そ、そうだ、弟ができると聞いてたんだ。それもだま——いや、成功させるための嘘か？」

今さらどっちが兄だろうがどうでもいい気もしたが、楽しみにしていた菓子のおまけの箱の中に何も入っていなかったようながっかり感が押し寄せたのだ。

しかし、瑳苗の反応は今回もあっさりしていた。

「いや、本当に俺が下だ」

「え……まさか飛び級でもしたのか？」

「学年は同じだ。でも、お前は九月生まれだろう？　俺は十一月生まれだ」

「二ヶ月じゃねえかよ！」

「二ヶ月でも下は下だ」

そんなやりとりを勝行と俊江が温かいまなざしで見守っている。

「よかったわねえ、一……」

「よくない！」

「いいじゃないですか、義兄《にい》さん」

「……は？」

一は持っていたビアグラスを落としそうになった。

「義兄さん」

「な……やめろ！」

あのとびきり美しい笑顔でくり返され、ゾクゾクとイライラが混じったような震えが一の背中を走った。バカにされているとしか思えない。しかし「あら、いいじゃないの」と言う母を、瑳苗はすかさず「お義母《かあ》さん」と呼んだ。その如才《じょさい》なさに腹が立つ。

自分を除く三人の間には、ほんわかとしたムードが漂っている。一体何の罰ゲームだ、と一は箸を折りたくなった。

俺が我慢すればいいんだ、俺が……心の中で念仏のように唱え、一はビールを呷《あお》った。せっかくの高級料亭の味はさっぱりわからなかった。


食事が終わると、勝行の提案でさっそく田中邸へ行くことになった。

「お前……本気かよ」

分乗したタクシーの中で、一は隣に座っている瑳苗に聞いた。

「何が？」

「同居」

「家電製品は置いていくから、よければ使ってくれと前の住人から言われてる。キッチンもバスルームもあるから、親に迷惑をかけずに生活できる」

「いや、そういうことじゃなくて……俺とお前だぞ？　自分で言ってたじゃないか、親しくないって」

「俺とお前が結婚するわけじゃない。同居の件も、お前のおふくろさんの頼みを叶えてやりたいと思っただけだ。そもそも、どうしても嫌ならさっき言えばよかったじゃないか」

「そりゃ、そうだけど……」

母のことを持ち出されると弱い。

瑳苗は続けた。

「家を見てから決めればいい。俺も親父も強要はしてない。おふくろさんだって、お前がどうしても嫌だと言えばわかってくれるだろう」

「……じゃあ、お前は納得してるんだな？」

「納得も何も、自分の家だ」

「これを機会に家を出て自立しよう……とか思わないのか？」

聞けば、瑳苗もひとり暮らしの経験がないという。

「誰と暮らそうが経済的、精神的な自立は可能だ。同居＝《イコール》自立じゃないと言い始めたら、結婚も子どもを持つこともできなくなる」

どうしてこう話が通じないのだ、と一はイライラしながら返した。

「だからさー……俺と暮らせるのか？　って聞いてるんだよ」

我ながら変な言い回しだと思ったが、どこがどう変なのか、言った一にもよくわからなかった。

釈然としないことだらけでむやみにビールを飲んでしまい、まだ明るいというのに少々酔っ払い気味だったせいもある。

「寮生活だと思えばいい。おふくろさんも一年でいいと言ってるんだし――」

「寮生活の経験、あるのか？」

「ない。これから経験するんじゃないか」

「あー、もういいよ……」

クールに畳みかけられ、一は座席のシートに沈み込んだ。助手席の背もたれに設置されている結婚相談所のパンフレットを眺めながら、ぼんやりつぶやく。

「俺は血のつながりのない赤の他人と暮らすとしたら、彼女とか嫁さんとか、めちゃくちゃ好きな人とだろうなって思ってたんだよ。それが普通だろ……」

まったく知らない人間と、いきなり兄弟として生活するのは難しい。中途半端に知っている人間、しかも微妙な間柄の人間と暮らすのは、考えようによってはもっと難しい。同僚で同期とくれば、関係も心中もますます複雑になる。

「嫌なら断ればいい。さっきからそう言ってるだろう」

瑳苗は言った。一はため息をつき、もう一度同じ質問を口にしかけた。

「だから――」

「俺は嫌じゃない」

「……は？」

一は瑳苗の顔を穴が開くほど見つめた。今日、何度も耳を疑うようなセリフを聞いてきたが、それらすべてが吹っ飛んでしまうほど「意外な一言」だったからだ。

「俺は嫌じゃない」

瑳苗はそうくり返し、一を見た。

「え……俺、お前に嫌われてるとばかり――」

「別に嫌ってない。そんなこと言ったか？　好きだとは言ってないが、嫌いだと言った覚えもない」

「そりゃ、面と向かって言ったら大人失格だろうが！　でも、態度や言動でわかるわ！」

「じゃ、お互い様ってことで、素性を隠したことはチャラでいいな」

「う……うん」

「その上で言うが――俺はお前を特別扱いしているつもりはない。誰に対してもこうなんだ。だが、本当は誰からも文句は言われてない。つまり、お前だけが過剰反応をしてるということになる」

「いやいや、そうじゃなくてさ――あれっ？」

わけがわからなくなった一の反応に、黙ってハンドルを握っていた運転手がぷっと笑った。一は恥ずかしくなり、勢いで運転手も話に巻き込む。

「だ……だって、運転手さんもそう思いませんか？　こいつの言ってること、おかしいですよね？　友達でもなんでもないのに態度が厳しくて、いちいち冷たいんですよ」

「お友達じゃないんですか？」

「ただの同僚です。親同士が再婚するから親戚……っていうか義兄弟になるんですけど、仲は良くありません。会社でもケンカばっかしてます。でも、同居するって言うんですよ」

「はあ、なるほど」

「おかしくないですか？」

五十がらみと思《おぼ》しき運転手は「笑って申し訳ありません」と答え、静かに続けた。

「さあ、おかしいかどうかはなんとも……ただ、ケンカするほど仲がいいとも申しますし……」

「う……」

「おふたりのやりとりは面白いですよ」

言葉に詰まる一の隣で瑳苗が小さく笑った。

「……なんだよ」

「運転手さんの返事が面白かっただけだ」

ちくしょう、と一は口を閉じた。家へ着くまで二度としゃべるまいと誓う。

どこからどう見ても田中瑳苗は意地が悪い。それに引き換え、一は「いい人」と呼ばれる。「カジががんばってるのを見ると、自分もがんばろうと思える」と言われたこともある。にもかかわらず、瑳苗と一緒の場では自分ひとりが悪者になってしまう。それが一には理解できなかったし、納得もできなかった。

黙り始めて十分後、瑳苗の指示でタクシーは閑静な住宅街にあるコンクリート打ちっぱなしのモダンな建物のそばで停まった。一階のガレージ脇から外階段が二階へと続いている。風情のある日本家屋が待っていると思い込んでいた一には、少々意外だった。

しかし土地の面積も広いし、建物自体も確かに大きい。これなら一階分だけでも少人数の家族には十分だろう。掃除が大変そうだが、母は喜んで精を出すに違いない。自分がこんな家を贈ってやりたかった……と思いつつ、一は羨望《せんぼう》のまなざしで田中邸を眺めた。

「さあ、どうぞ」

勝行に促されて広々とした玄関を通り抜け、真っ白なドアを開けて中へ入った途端、一と母はまったく別の方向を見て声を上げた。

「お台所が！」

「暖炉が！」

ダイニングを中心に、右にはプロの料理研究家が使うようなアイランドキッチンが、左にハリウッド映画に出てきそうな品のいいソファセットと暖炉を設えた広いリビングがあったのだ。ごく自然に二組になり、左右に分かれる。

「これ、本物か？」

一は屈《かが》み込んで中をのぞき、興奮気味に瑳苗に尋ねる。

「ああ」

「じゃあ、薪《まき》を入れて燃やすんだな？」

「ああ」

「すげえ……」

一の脳裏には大きなクリスマスツリー、プレゼント、シャンパンに囲まれ、赤々と燃える炎の前にいる自分の姿が浮かんだ。そばには微笑む母と、サンタクロースに扮した父がいる――。

「……いいなあ……」

「暖炉好きとは知らなかった」

的外れな瑳苗の言葉に我に返り、一は首を横に振った。

「そうじゃない。ただ……男は好きだろ、キャンプとかさ」

父は一が小学三年の冬に病死した。三十五歳という若さだった。元気になったらキャンプへ行こう、釣りをしよう、山登りをしよう――沢山の約束はどれも果たされぬまま、「ごめんな、空からお母さんと一を見てるからな」と言って父は消えた。そのせいか、多くの子どもが挙げる「父との思い出」的な行事や遊びに心が動いてしまうのだ。

「でも、ここには母さんたちが住むんだったな」

「来ても問題ないだろう。むしろ歓迎されると思うが」

背後から楽しげな母の声が聞こえてきた。一は振り返り、キッチンで勝行と語りあっている母を見る。きっと亡き父もどこかで幸せそうに見守っているに違いない。

「クリスマスにはツリーとか飾るのか？」

一の問いに、瑳苗はあっさり答えた。

「いや」

予想どおりの返事に一はため息を漏らす。しかし、予想外のコメントがついてきた。

「今までは飾らなかったが、別に今年から飾ってもいいと思う」

「え？」

「あっちのふたり次第だろう」

瑳苗は顎をしゃくり、勝行と母を示した。言い方がいちいち癇《かん》に障《さわ》るだけで、思いやりがないというわけではないらしい。

俺の誤解もあるのかな、と一は思った。大人として譲歩も必要かもしれない。出会った頃は親しくなりたいと思っていたわけだし――。

「……わかった、越してくる。上でお前と住むよ」

一は言った。

瑳苗の瞳がほんの少し優しげに細められた――ように見えた。なんだか負けたような気がして、一は立ち上がった。

「か、母さんのためだからな！　お前がどういう思惑でいようが、嫌な奴だっていう俺の印象は変わってない。我慢できなくなったら、すぐに出ていくからな！」

「わかった」

瑳苗は肩をすくめ、天井を指差した。

「じゃ、上を案内しようか……義兄さん」

「『義兄さん』はやめろ！」

3

ピララッ、ピララッ……という軽快な音が鳴った。携帯電話にメールが届いた音である。

金曜の午後四時半、編集部の自席でコーヒーを飲みながら『画商の帽子』の第二稿脚本を読んでいた一はマグカップを置き、国語辞典の上に載せておいた携帯電話を取った。メールの差出人は田中瑳苗だった。

何の用だよ、と苦々しい気持ちで受信箱を開く。

【晩飯、どうする？】

一は勢いよく携帯電話を閉じた。あまりに勢いづいていたので、指を挟んでしまった。

「あ、痛《い》って……」

メールアドレスを交換したのはなりゆきだった。一ヵ月前の会食の日、母が瑳苗に「アドレスを教えて」と言いだし、流れで全員が教えあうことになったのだ。使う機会などまずないだろうと思ったのだ——が。

一はイスから腰を浮かし、そっと『小説蒼茫』編集部エリアに視線を送る。本や乱雑に積まれた書類の向こうに瑳苗の頭が見えた。

携帯電話を握りしめ、一は瑳苗の席に向かった。周囲に人が少ないことを確認し、声をかける。

「おい」

パソコンの画面から視線を移し、瑳苗が一を見る。

「うん？」

「なんだよ、このメールは」

一は携帯電話の画面を見せつけた。

「なんだよ……も何も、そのまんまだが」

会食から三週間後——つまり先週末、一と母の俊江は田中邸へ引っ越した。そして荷物の整理もそこそこに、昨日から瑳苗の父、勝行と俊江は新婚旅行へと旅立ってしまった。なんと一ヵ月にも及ぶクルーズの旅である。

さすが金持ち。母さん、いい人に見初められてよかったね。これまで苦労した分、うんと楽しんできてね……と一が喜んだのは一瞬だった。あの邸宅に瑳苗とふたり、取り残されることに気づいたのだ。おまけにその母からは怖い顔で「帰ってくるまでに、百メートル先から見ても兄弟の仲の良さがわかるようになっておけ！」と釘《くぎ》を刺されていた。

その流れを経ての「このメール」である。

「俺は七時に帰宅して晩飯を作り、八時には食い始める。もしもお前も食うなら、その分も作っておくが――という意味だ」

「俺らも新婚か！　そうじゃなくて、こんなのメールで送ってくんな！　ってことだよ」

「じゃあ、内線電話で聞けばよかったのか？　そのほうが問題だろう」

「いやいや、そうじゃなくて……俺のことを気にかけるなと言いたい――」

いきり立つ一を前に悠然と構えたままの瑳苗は、机の引き出しを開けてチョコレート菓子を取り出した。「お腹が空いたら〜」というキャッチコピーでおなじみの「スニッカーズ」である。

「食うか？」

「いらん！　太るわ！」

瑳苗は表情を変えずに、包装紙をパリパリと破って食べ始めた。

「食うな、話は終わってない！」

「日課なんだ」

「はあ？」

「四時半に食うと決めてる」

「お前は――」

小学生か！　と突っ込もうとして一はやめた。よく見ると部長含め、編集部内に残っている『小説蒼茫』のメンバー全員が何かしら「おやつ」をもぐもぐと食べていたからだ。

瑳苗同様「スニッカーズ」派もいれば「柿の種」派、廊下に設置されたスナックのベンダー《自動販売機》で販売している「オレオ」派もいる。共通しているのはそこそこカロリーがあるものが多い、という点だった。『小説蒼茫』編集部ではそういう決まりなのか、あるいは流行り病なのか？　と一は怯《おび》える。

「太らんよ」

瑳苗はしれっと言った。

「そりゃ、お前がそういう体質ってだけだろうが」

事実、瑳苗はスタイルが良い。

テーラードジャケット、シャツ、パンツというスタイルが基本だった。関わる作家が単に「目上」というだけでなく、業界の重鎮クラスが多いのでジャケットは必須らしいが、どれも細身で身体のラインにぴったりと合っている。俊江が働いていたIデパートで注文したオーダー品も多いらしい。「既製品ではサイズが合わない」からオーダーするタイプではなく、「体格に自信がある」タイプ、つまり体格をより美しく見せるためにオーダー品を頼んでいるのは明白だった。

ちなみにオーダーといってもピンキリで、今はリーズナブルな価格でいいものが作れるのよ！という母の言に従い、一も社員割引を借りて喪服とスーツを数着作った。

「必要ない、というなら別に構わない。他人行儀なのもどうかと思って、とりあえず聞いてみただけだ」

「他人行儀っつーか、他人だろ」

「お前のことだ、聞かなければ聞かないで『同じ屋根の下にいるのに、自分の分だけ飯を作るなんて意地が悪い』と言いだしかねない。だから先に聞いたんだ」

一はハッとした。

読まれてる。確かに言ったかもしれない。

と思ったが、一応否定する。

「む……そこまで性格悪かねえよ」

「そいつは失礼」

瑳苗は視線をパソコンに戻し、ひとり言のように言った。

「今夜は天ぷらだ。昨日、近所のおばさんが筍《たけのこ》とふきのとうをおすそ分けしてくれたんだ。揚げたてのほうが美味いから、食う分だけ揚げようと思ってたんだが……俺の分だけでいいな」

「筍？　ふきのとう？」

一は思わず前のめりになる。瑳苗が横目でちらっと見た。

「あ……いや、別に……」

瑳苗が料理上手らしい、という話は聞いていた。たまに手製の和菓子を作家への手土産にしている――とか。

天ぷらなんて誰が作っても同じだ、と一は自分に言い聞かせる。素材と油の温度、揚げ方に注意すれば……しかし、揚げたて……筍とふきのとう――天つゆで……いや、塩をつけてさっくりと……。

「……涎《よだれ》が出てますよ、義兄さん」

小声で囁かれ、一はハッとした。

「な、誰が――」

「八時だからな」

「食わないって言ってるだろ」

「八時、と言っただけだが」

「う……」

頭から湯気が出そうになり、一は背中を向けた。自席に座ったものの腹が鳴り、スナックを買いに廊下へ出る。

壁には映画化された作品のポスターや「ベストセラー！」と大文字で煽る新聞広告などが貼られていた。そのうちの何作かは、瑳苗が担当している作家の作品だった。ここに入江作品の映画ポスターも……そう思うと一の気分は少し和らいだ。

「K文学賞、先月出した真淵《まぶち》さんの本に決まったって」

フロアから出てきた他の編集部の社員たちが、話しながら一の後ろを通り過ぎていく。

「へー、マジ？　真淵匠《たくみ》ってまだ二十代じゃなかったっけ？」

「最年少受賞だって。田中瑳苗が担当」

ベンダーに金を入れようとしていた一の手が止まった。

「また、田中？　あいつ、すげえな……全作家の担当になったほうがいいんじゃねーの」

「つーか、あいつが担当になってくれるなら俺、作家になってもいい……」

「向こうから願い下げだろ」

一はスナックを買うのをやめ、編集部へ戻った。


その日の午後七時四十五分、一は仕事をどうにか切り上げ、新しい家である田中邸へいそいそと帰宅した。手にした紙袋には缶ビールの六本パックが二セット入っている。

食事に釣られるとは我ながら情けない。しかも花の金曜の夜に足取りも軽く、向かう先が自宅とは――と思ったが、筍にもふきのとうにも罪はない。恐らく瑳苗は「ハネムーンから戻ってくるまでに仲良くなっていてね」という母の言葉を実行に移そうと考えたのだろう。それには食事が一番だと。

それなら一も協力しないわけにはいかない。そこで気を利かせて帰途、ディスカウントショップでビールを買い求めたのだ。重さもなんのその、外階段を駆け上がってドアノブに手をかける。

「……あれ？」

開かなかった。

瑳苗が先に退社したのは確認済みだった。しかし、最近は物騒だ。施錠はおかしなことではない。

一は真新しい鍵を差し込み、ドアを開けた。黙って入るのもアレなので、ただいま……と小さくつぶやく。

二階は、玄関を入って廊下がまっすぐに奥まで伸びていた。廊下を挟んで左手前から順にキッチンとダイニング、リビング……と続き、向かって右側に瑳苗の部屋、一の部屋、そして空き部屋がふたつある。客室だが、今は一時的に納戸《なんど》状態になっていた。

廊下の先にはバスルーム、トイレ、ランドリースペースがあり、そこから屋上へ出られる。母とのアパート暮らしが長かった一にとってこの家はモデルルームか、ドラマでしかお目にかかったことのない夢の住まいだった。

自室へ向かう途中、鞄を抱えたままキッチンをのぞいてみる。

「……あれ？」

キッチンには誰もいなかった。

おかしいな、あいつ、まだなのかな……買い物してるとか？　一は首を傾《かし》げつつ、自室へ入った。

鞄をベッドに放り投げ、ダウンジャケットを脱ぐ。

うっかり持ってきてしまったビールを冷やすべく、再びキッチンへ足を踏み入れる。冷蔵庫を開けて、一はまた首を傾げた。筍、ふきのとうどころか、ほとんど何も入っていない。朝見たままである。

越してきて間もないこと、同じ会社に勤務しているとはいえ出社・退社時刻が微妙にズレていることなどから、瑳苗と食事の話は特にしなかったし、今朝も好き勝手に食べた。ちなみに母がやると言った家事だが、洗濯は各自で、共有部分の掃除は一週間交替で行うこととし、他は生活しながら調整していこう——と大まかに決めた。さすがにもう親には甘えられない。

つまり、この家でふたりきりで食事をするのは初めてなのだ。

母子家庭だったので一も簡単な料理はできる。今回は言いだしっぺが瑳苗なので主導権は預け、手伝うぐらいはするつもりだったのだが、本人がいなければ手伝いようもない。

まさか、担がれたんじゃないよな——冷え冷えとしたキッチンで一は腕を組む。

と、階下で物音がした。泥棒か？　と一瞬身構えたが、すぐに瑳苗かもしれないと思い直す。合鍵はもらっているので、出入りは自由にできるのだ。しかし、万が一の可能性を考え、一は自室にあった金属バットを手に外階段をそろそろ……と下り、一階玄関のインターホンを押した。

『はい？』

瑳苗の声だった。一はホッと胸を撫で下ろす。

「俺」

『開ける』

ガチャッと解錠する音が聞こえ、一は中に入った。バットをドアの脇に置き、キッチンへ向かう。

果たして、そこにはエプロン姿の瑳苗がいた。作業台には切り分けられた野菜が載っており、油の跳ねる音が耳に心地よく響く。食欲をそそる匂いも漂っている。

「なんだ、こっちでやってたのか……」

一はうっとりとつぶやいた。

そんな一に向かって、瑳苗は菜箸《さいばし》を手に真面目くさった顔で聞いた。

「器具が揃ってるし、使い慣れてるからな。ところで何の用だ？」

「え……あの……八時って――」

まさか本当に言っただけなのか――と焦っていると、瑳苗はふんと鼻を鳴らした。

「犬並みに単純だな」

「犬？」

「食べ物に弱い。すぐに日和《ひよ》る」

「な……」

「まあ、いい。どんどん揚げていくから、テーブルをセッティングしろ。食器はその辺りから適当に出せ」

「お……おお」

腹を立てようにも、中が空っぽ過ぎて立たない。一はバットを片づけに二階へ戻り、ビールを手に再び階下へ下りた。

「これ、買ってきた」

ビールを見せると瑳苗は冷蔵庫を示す。

「入ってる」

「あるなら別にいい。腐るもんじゃないし……あ、そうだ、食費——」

「いらん。今月分だけ、親父から預かっている」

「え、そんな……悪いよ」

「したいようにさせておけばいい。お前のためというより、お義母さんのためだ。独り身が長かったからな」

「ああ……うん」

食器棚を開けて取り皿を出しながら、一は瑳苗親子のこれまでの暮らしに思いを馳せた。

詳しいことは聞いていないが、瑳苗の実母は、瑳苗が幼い頃——一が父を亡くした歳の頃に勝行と離婚し、この家を出ていったらしい。

それ以来、一母子同様、父子ふたり暮らし。瑳苗が大学に入るまでは家政婦が週に何度か通ってきていたという。料理が得意という噂が本当ならば、父親かその家政婦から教わったか、自分で習得したのだろう。

夫婦間のことは夫婦にしかわからないと聞く。金があれば幸福になれるとも限らない。それでも、地位のある夫やこれほどの豪邸、そして利発な息子を置いてまで出ていかせる何があったのか——

一には想像もつかないが、それが自分の母の不幸につながらなければいいと願うばかりだった。

「うー、美味そう……」

テーブルセッティングを終えた一は瑳苗の隣に立って、黄金色に揚がっている天ぷらの数々を眺めた。ごぼう、イカ、いんげん、しいたけ、鱚《きす》、さつまいも……ふきのとうはやや開いており、なんとも美しい。

「次！　大根おろし！」

瑳苗に鋭く言われ、一は背筋を伸ばした。

「あ、はい。ええと……」

作業台にあった大根とおろし金を手に取る。

ふと見ると、ＩＨコンロには鍋がふたつかかっていた。ひとつは天つゆ、もうひとつには大根やさといも、セロリ、ベーコンなどが入ったスープのようなものだった。コトコト……と弱火で煮ている。

「これは？」

「和風ポトフ」

「へー、美味そう……」

天ぷらとは異なる、ふんわりと野菜の優しい香りが漂った。空腹なので、何もかもが五感を刺激するのだ。残ったスープに飯を入れても美味そうだなと一は夢想する。

「触るな。明日用だ」

「え、明日？　今作ってるのに？」

「どうせキッチンにいるんだ、二食分作るほうが面倒がない。煮るだけだしな」

瑳苗はかき揚げをバットに上げながら言った。

「でも、せっかくあるんだから、これも食べたほうがいいじゃないか」

「……人の話を聞いてるか？　明日食うために今作っているんであって、今日食うためじゃない。今夜は天ぷらがある」

「そりゃそうだけど……」

「それに、スープや煮物は翌日のほうが美味いんだ」

「それは知ってる。冷えるとアミノ酸が増えるから、だろ？」

「知ってるなら、口出しせずに手を動かせ」

「はいはい……」

一はこっそりため息を漏らし、大根をおろし始めた。

料理に限らず、一度ハマるととことん、完ぺきに——は男に多いと聞く。恐らく趣味を超えて「仕事モード」になってしまうのだろう。女の「過程偏重《かていへんちょう》」にもうんざりさせられるが、男の「結果重視」もなかなかに厄介である。

男前で仕事もできるが、こんなふうに神経質なら彼女がいなくても当たり前だな……と考え、一は落ち込みそうになった。仕事がイマイチな自分があれこれ言える立場ではない。

しかしどうしても気になったので、瑳苗が場を外したとき、一はこっそり和風ポトフの大根をつまみ食いをしてみた。上品な薄味ながらもしっかりと火が通っており、しみじみと美味い。なぜこれを今食えないんだ！――と思ったが、我慢した。

「いただきます」

十分後、ようやく準備が整い、向かい合わせでテーブルに着いた。

まあ、一応……という感じで乾杯する。この男と自宅で飯を――と思うとなんだか妙な感じがする一だったが、目先の天ぷらとビールがすべてを粉砕した。メインの天ぷらには天つゆの他、天然もの、ゆず、抹茶《まっちゃ》入りと三種類の塩が用意され、ざるそばと白菜《はくさい》の漬物《つけもの》もあった。

一はわくわくしながら、まずは季節物のふきのとうを選ぶ。さっくりした歯ごたえの次にほろ苦さが口に広がった。ビールを飲み、はーっと感嘆を漏らす。

「うー……美味……子どもにはわからん美味さだよなあ……」

さすがの瑳苗も同意する。

「俺は子どもの頃、天ぷらといえばいんげんしか食わなかった」

「ああ、わかる。臭みがない野菜だからだろうな。今は独特の香りがあるほうが美味いと思うよな。ごぼうとか……」

と言いつつ、一は筍を探した。しかし、それらしきものが見当たらない。

「あれ、筍は？」

「それだ」

瑳苗が顎で示した先には、細切りにしたものをかき揚げのようにまとめた天ぷらがあった。白っぽく、ところどころにピンクの何かが交じっている。

「あ、これ筍だったのか。じゃがいもかと思った」

一は抹茶塩につける。白、ピンク、緑の彩りがきれいだ。

「む……なんだこれ、美味っ！」

食べてみて「ピンクの何か」が干しエビだとわかった。ごぼうやにんじんとも異なる細切り筍の食感とエビの風味の組み合わせが絶妙だった。

「うめー、こんなの初めて食った！　切り方でこんなに違うんだなあ」

うるさいなという視線を向けつつ、瑳苗はからかうように言った。

「お前を釣るのは簡単だな」

「……好きに言え。俺は、嫁さんにする女は絶対に『料理上手な人』と決めてるんだ」

「お義母さんも上手そうだな」

「まあまあかな。うちは母が働きに出てたから、おかずは簡単なものが多かった。デパート勤務だったから、地下で値引き総菜《そうざい》買ってきたりとか」

「なるほど」

「その代わり、具が沢山入った味噌汁と飯だけはいつも必ず用意しておいてくれた」

もちろん、おかずなしの日もあった。給食のある中学まではそれでもどうにかなったが、高校に入って弁当が必要になるとおかずなしでは済まない。しかし、弁当にすると空きができてしまう。そこで、弁当は必然的におにぎりが多くなった。その頃には、一もできる限り自分で作るようになっていた。

「おかげで俺はおにぎりが上手くなった。きれいに握れるぞ。必要に迫られると上手くなるもんだな」

「窮《きゅう》すれば通《つう》ずか」

「そうそう。味噌汁は母のが世界一美味いと思ってるけどな」

勢いで言った後、瑳苗の母親のことを思い出し、一は少々後悔した。気まずくなり、白菜の漬物に手を伸ばす。塩味も甘味もちょうどよく、いい漬かり具合だった。

「これもお前が？」

瑳苗は首を横に振った。

「昔、うちに来てくれてた家政婦さんが漬けたものだ」

瑳苗の話によれば、以前はこの近所に住んでいたそうだが、数年前にご主人を亡くし、娘夫婦と同居するために引っ越したのだという。この地には知りあいも多いので、たまに遊びにくる際に必ず手土産を持って立ち寄ってくれるらしい。

「料理はその人から習ったのか？」

「切り方とか調味料の『さしすせそ』みたいな基本は教えてもらったが、大半は独学だ。レシピ本も沢山出てるしな」

思い切って、一は母親のことを尋ねてみる。

「あの……お前のおふくろさんは？」

「元気らしい。たまに親戚経由で噂を聞く程度だから、よく知らんが」

「いつから会ってないんだ？」

「あの人がここを出ていってから」

ざるそばをすすり、瑳苗は事もなげに言った。箸を持つ手が止まったのは一のほうだった。父を喪ったことは辛かったが、母がいない生活はもっと想像できない。

この男が皮肉屋になったのも、そんな生い立ちのせいかも——と一はつい、瑳苗に同情の目を向けてしまった。敏感に察知した瑳苗が眉を寄せる。

「おい、やめてくれ。片親家庭にもいろいろあるんだ」

「ああ、うん……そうだな」

「いいから、食え」

一はうなずき、箸を伸ばした。

一時間半後、テーブルの上に残ったのは天つゆ、塩、漬物少々だけだった。美味い美味いと言いながら、一は天ぷら一種類につき三つは食べただろうか。缶ビールを三本飲み、ざるそばもしっかり完食した。おかげでチノパンツのウエストがちょっと苦しい。

瑳苗は……というと、一の半分程度しか食べていなかった。平日の夜、普通の晩飯ならば一もそのぐらいで抑えただろうが、明日と明後日は休みである。

もしかして、と一は不安になった。俺がガンガン食うから遠慮したのか？

「あの……お前、足りてる？」

食い尽くした後で気づいても仕方ないが、一は聞いてみた。

「いや、ちょうどいい」

「それならいいけど……俺が食い過ぎたかなと思って」

瑳苗は肩をすくめた。

「節制してるから」

「メタボ防止で？」

「いや、体調を崩したくないだけだ」

「ひゃー……真面目だなあ」

一は背もたれに重くなった身体を預ける。このストイックさが仕事にも反映されているのだろうかと思っていると、瑳苗はクールに返した。

「マゾじゃないんでね」

「マゾ？」

「俺は別に無理はしていない。自分をよく知ってるだけだ。食い過ぎも飲み過ぎも身体の負担になる。そのほうが辛い。常に楽な状態でいたいと思っているから、適当なところで箸が止まる。嫌な思いをしたくないと脳に教え込ませているから、身体が『この辺でもういい』と反応するんだ」

「はー……」

「食いたいだけ食えば胃に負担がかかる。飲み過ぎれば翌日、頭痛に悩まされる。太れば足腰に負担がかかる。そうさせたのは自分だ。自分で自分を苛《いじ》めてるだけだろう」

「……だからマゾ……か」

一は黙り込んだ。社会人にとって体調管理も仕事のうちだが、そんな考え方があるとは思いもしなかった。

瑳苗は続ける。

「この仕事は同じ時刻に食事が取りにくい。特に夕飯が遅れがちだ。ドカ食いしたくなるのは、そこまで空きっ腹の状態で自分を苛めたことへの反動だ。それを避けたいから、俺は午後四時から五時の間、必ず何か食うようにしてるんだ」

一は「あ！」と声を上げた。

「じゃあ、あのおやつタイムは……」

最初は瑳苗の行動を誰もが鼻で笑っていたという。しかし、あの時間帯に食べることで仕事の効率が上がり、夕食のドカ食いに歯止めがかかるとわかるや、ひとり、またひとり……と実践するようになっていった。今では編集部の習慣になっているらしい。

ちなみに「ほんの少し」だとあまり効果がないので、脳を納得させるためにも「ああ、食ったな」と思える程度の重量感やカロリーが必要だ――というのが瑳苗の意見だった。

「部長からは、体重が減って調子が良くなったと感謝された。今じゃ奥さんもやってるらしい」

「ふーん、逆転の発想だな」

編集者は頭脳労働に分類される職業だと一は思っている。拘束時間が長い上に「文章を読み込む」「作家と話しあう」という地道な作業が多いので、体力よりも集中力が求められる。しかし、こんな仕事を六年も続けていればわかる。集中力は、体力なしに発揮できないものなのだと。

双方を上手く使いこなすために必要なのは特殊な才能ではない。「自分のペースを守る」というしごく簡単な習慣なのだ。

身体は正直だ。心や精神を如実に反映させる。同様に、規則的な生活リズムにも素直に反応する。つまり時間を決め、身体に合った量の食事を取る。たったそれだけのことでペースは守れる……瑳苗が言っているのはそういうことだ。

単純明快なのに、なぜかなかなか実行できない。いや、理由をつけて実行しなくなるのだ。よく考えてみれば、「おやつを食べる」なんて幼稚園の頃から教えられてきたことなのに、なぜ大人になってからできなくなるのか。「成長したんだから、自分のことは自分でコントロールできる」という思い上がりがあるからではないか。

自分への過信が甘さを招き、体調や心のバランスを崩す。その結果、心身をコントロールするどころか奴隷になり下がる。望まないことをやって、望まない結果を引き寄せる――「マゾじゃないのか」と言われても仕方がないわけだ。

「普通は、お前みたいに節制してる人間がマゾ呼ばわりされるもんだけど……」

「解釈の違いだ。何度も言っているが、俺は自分の考えを他人に押しつけるつもりはない」

こいつ面白いな、と一は思った。

本当は、ずっとこんなふうに話をしてみたかったのだ。しかし、何かにつけてきつい口調で断じられ、バカにされているような気がして避け始めた。瑳苗が仕事で結果を出していることで、反論がただの妬《ねた》みに思えてしまい、そんな自分が嫌だった。

今の話も相手によっては、上から目線の利己的な意見と取られるのかもしれない。「自分の考えを他人に押しつけるつもりはない」とくり返すあたり、本人にも自覚があるのだろう。だが、今夜は食事と酒のおかげ――しかもひとつ屋根の下でふたりきり、瑳苗の手料理ということもあり、一も耳を傾ける余裕が生まれた。

そう、誘ってくれたのは瑳苗だった。母の願いを叶えるために同居する、と言ってくれたのも瑳苗だ。相変わらずあれこれうるさいし、嫌味ったらしいが、歩み寄ろうとしてくれているなら応じるのが大人だろう。

「あのさ……明日は何か……予定とかあるのか?」

一は尋ねた。

「いや」

「じゃあ、あの……」

料理返し! というのも芸がないし、そこまでの腕もない。恋人同士じゃあるまいし、映画に
――というのもおかしな話だ。

しかし、そのキーワードでひらめいた。

「暖炉、使ってみたいんだけど……無理かな」

「別に……火を入れるだけなら、今からでもできるが――」

「いや、今日はいい。明日の晩、よければ暖炉に火を入れて……ゾンビ映画大会とかどう?」

「……ゾンビ映画?」

瑳苗がまじまじと一を見る。

「そうそう」

一は身を乗り出した。

「ホラー映画とか、アクション映画でもいいんだけど――」

学生時代、金もない、女もいない男同士で集まって夜を過ごすときの定番がそれだったのだ。できるだけくだらないB級映画を選び、ツッコミを入れながら騒ぎ、眠くなったらその場で雑魚寝《ざこね》

……がお約束だ。要はキャンプや旅行のノリである。

実はそれは一にとって「弟がいたらやってみたかったこと」のひとつだった。実際、学生時代の集まりには友人の兄弟が交じることもあり、ひどく羨ましかったのだ。

「なんつうか……俺ら一応、兄弟になったわけじゃん？」

恥ずかしさをこらえ、一は言う。

それを見た瑳苗の顔に奇妙な表情が浮かんだ。むず痒さに頬が引《ひ》き攣《つ》っているような感じだ。

一は慌てて言い訳する。

「キモいのはわかってるよ！　本当は違うし、この歳になって兄弟面《づら》もないし、俺はまだお前が苦手だ。それに兄弟ってどんなもんかわからないし、ゾンビ映画大会なんて、くだらない兄弟ごっこと言われればそうなんだけど……せっかくだから……その――」

言い訳すればするほど自分のアイデアがバカバカしく思えてきて、一はうつむいた。

ああ、もっと気の利いたことが言えればいいのに……いや、せめて俺が弟だったらまだ……。

「いいよ……義兄さん」

一はパッと顔を上げた。

「え、ほんと？　……っていうか、義兄さんはやめろ！」

「準備は？　何をすればいい？」

瑳苗の目が微笑んでいることに気づき、一は急に嬉しくなった。我ながら単純だとは思うが、一気にテンションが上がる。

「あ……ええと、暖炉は任せる。食い物は俺が用意するから。といってもジャンクフードとかスナックだから、文句言うなよ」

「わかった」

「あと……そうだな、ホラー映画を一本用意して」

「ホラーか……」

「サスペンスでもアクションでもいいよ。これは男なら絶対にテンション上がるぜ！　っていうお薦め映画」

「――わかった」

「よし！」

「お茶でも飲むか」

「あ、うん。皿、片づけるよ」

一緒に立ち上がる。一は瑳苗がどんな作品を持ってくるか、楽しみだった。

4

翌朝、洗顔と着替えを済ませた一は再び階下へ下りた。朝食もそっちで……と瑳苗に釘を刺されたからだ。面倒だなーと思ったが例のポトフを思い出し、従うことにした。確かに、我ながら飯に弱い。

「……おはよう」

「ああ。パンと飯があるが……」

「ポトフだけでいい」

一は首を横に振り、冷蔵庫を開けてミネラルウオーターを出した。

あれだけ天ぷらを食べた割に、胃もたれなどはなかった。酒をあまり飲まなかったせいかもしれない。しかし、さすがに炭水化物を取る気にはなれない。

「ほら」

深鉢に品良く盛ったポトフを瑳苗が差し出す。

「うん」

瑳苗の分と二人前をトレイに載せ、テーブルへ運ぶ。テーブルには軽く焼いたバゲットが数個置いてあった。

「んー、いい匂い……目が覚める」

昨夜と同じ席に着き、一は鼻を動かした。

「やっぱり犬だな」

「うるせえよ」

嫌味を蹴散らし、ふうふうと息をかけて冷ました大根を口へ運ぶ。

「……ん！」

一晩明けたそれは、つまみ食いしたときよりもまろやかな味わいになっていた。かすかに残っていた白い部分にまで完全にスープが染み込み、やわらかくなっている。味そのものに大きな変化はないが、明らかに旨味が増していた。

「うま……昨日と違う……！」

「昨日？」

瑳苗がじろりと一をにらんだ。

「お前、食ったな？」

「え？　あ、いや——いいじゃん！　そのおかげでお前の言い分が正しかったってことが、はっきりわかったんだし……」

「その前に言うことがあるだろう」

「……ごめんなさい……」

ふふんと鼻を鳴らし、瑳苗はバゲットを千切ってスープに浸した。おかしなもので、そういう光景を目の当たりにするとなんとなく食べたいような気がしてくるものだ。

「あの……俺にも一個……」

瑳苗はひとつ取り上げたかと思うと、遠くへ投げた——フリをした。

「あっ！　……やめろよ、食い物で遊ぶのは！」

「食い物で遊んでない。犬と遊ぼうと思っただけだ」

「犬……って、俺は兄貴じゃないのか！」

「ごめんね、義兄さん。はい」

「うー……」

一は奥歯をギリギリと噛みしめつつ、差し出されたバゲットを受け取った。

このクソ生意気で捻くれ者の義弟め、今夜を楽しみにしてやがれ。笑えるゾンビ映画にしようと思ったが、作戦変更だ。怖くて夜中にトイレへ行けなくなるようなのを選んでやる——。

「ううう……」

スープを吸ったバゲットを食べ、一は悔しさと美味さに悶絶した。

その日の晩、一は赤々と炎が燃え盛っている暖炉をうっとりと見下ろした。

「はー、エアコンと全然違うなあ……」

初めて経験する暖かさだった。熱がじんわりと部屋中に広がり、柔らかな空気に包まれている
……とでもいえばいいのだろうか。

「炎、太陽、そして人肌……この三つの暖かさに勝るものはないよなあ……」

「下手に近づくと髪が焦げるぞ」

「げっ」

瑳苗に注意され、一は手で前髪をぱぱっと払う。

「で、これを敷けばいいのか？」

大きめのラグを見せ、瑳苗が聞いた。一はうなずく。

「そこに寝転がってしゃべりつつ、適当に好きなモンを食いつつ、映画を観る……と」

「ソファがあるのに……」

瑳苗はやや呆れつつ、それでも一の言うとおり、大画面テレビの前にラグを敷いた。

「いいんだよ！　ダラダラするのが目的なんだから」

「……女子のパジャマパーティーか」

「そんなもんだ。途中で寝落ちしてもいいようにパジャマかトレーナーで集合。準備しておくから、風呂入ってきていいぞ」

「お前は？」

「もうシャワー浴びた」

瑳苗を追い出し、一はソファクッションをラグの上に移動させた。自室にあるブランケットとDVDを運び、買い込んできたポップコーンやポテトチップスなどのスナック菓子を用意する。

そうこうしているうちに玄関のインターホンが鳴った。頼んでおいた宅配ピザが届いたのだ。チキンもサラダも一緒に注文した。ビールは冷えているし、冷凍庫ではアイスクリームもスタンバイしている——完璧である。

「……すごい匂いだな」

パーカーにトレーナーという格好の瑳苗が入ってくるなり言った。男前はこんな格好でも「ダラダラしている」風に見えないものなのだと感心し、また悔しくなる。

「食わない、とか言うなよ」

「別にピザもフライドチキンも嫌いじゃない。床で食うんだろう？」

「あ、うん」

汚れる！　と目くじらを立てられると思いきや、瑳苗はテーブルクロスをラグの上に敷き、食べ物や皿、フォークなどを運んでいく。

「慣れてんな」

一の言葉に、缶ビールを手にしていた瑳苗はいつもの調子でしれっと答えた。

「小学生の夏は毎年、屋上にテントを広げて親父と天体観測をやったからな」

「え……えええええ、何それ！」

「キャンプへ行けるほどの休みが取れなかったから、屋上でやったんだ」

「なんだよ、いいなあ……ちくしょう……」

羨ましさが全開になる。そんな一を見た瑳苗は顔をそむけ、肩を震わせた。

「な……笑うな！」

「……お前……面白い。予想以上に面白い」

「予想以上？」

「いや、別に」

お互いに「お薦め恐怖映画」を一本ずつ持ち寄ったが、上映するまで中身は秘密だった。観ながら食べていて途中で気分が悪くなると困る……と思った一は、先に軽く腹を満たすことを提案。ラグの上に座ってピザやチキンを食べつつ、「笑えるB級ホラー映画」やら「アジアとヨーロッパの恐怖の違い」などに花を咲かせる。

一時間後、一が推薦するサイコ・スリラー『ザ・セル』を鑑賞した。女性心理学者が精神を病んだ殺人鬼の潜在意識下に入り込み、謎を解き明かすことで彼が監禁した被害者を捜す……という物語だ。

心の闇の中でもがき苦しむ殺人鬼。精神を病んだ加害者にありがちだが、被害者が置かれた状況は「かつての自分が味わった苦しみ」の再現だ。その悪夢としか言いようのない罪と罰の世界に引きずり込まれ、感化されていくヒロイン。しかし、やがて彼女は「善悪」を超えた救済へと突き進んでいく。

ストーリーの構造自体は単純で、よくあるネタだ。この圧倒的なビジュアルに入り込めるかどうかで好みは分かれるだろう。しかし一は「これぞ映画」と思った。映像によって人の苦悩を描きながら、残酷で恐ろしいだけの話で終わっていない。そこに文学的な香りを感じ、瑳苗に観てほしいと思ったのだ。

鑑賞中、瑳苗は何も言わなかった。一はそんな瑳苗をちらちら見ていた。小説も映画も個人の感覚で楽しめばいい。しかし、推薦した身としては反応が気になる。

映画が終わってスタッフロールが流れる中、瑳苗はＤＶＤのパッケージを手に取った。

「アメリカ映画だよな。監督は……ターセム・シン……どこの国の人？」

一はハッとし、瑳苗の肩を叩いた。

「痛《いた》……お前、スキンシップは高校までだろう……」

「インド人！　でも、いろんな国に住んでたらしい。あの映像観たら気になるよな！」

「ああ、やっぱりそうか。これは同じアジア人のほうが物語に入りやすいかもしれないな——特に怖くはなかったが」

「あー、うん……吟味《ぎんみ》してるうちに、こっちのほうが喜んでもらえるかなと思ってさ」

「宗教美術や象徴的なアイテムが盛り込まれてて面白かった。筋はありきたりだと思ったが、あの曼荼羅《まんだら》のようなビジュアルを見せるには話は単純なほうがいい」

「うん、俺もそう思う」

暖かな炎のそばで冷たいビールを飲みながら映画を楽しみ、瑳苗が同じような観方をしてくれたこと、作品の背景に興味を持ってくれたことが一には嬉しかった。

「そっちの映画は？」

「ホラーじゃないが」

「いいよ」

瑳苗が掲げたパッケージには『八甲田山《はっこうださん》』という文字が描かれていた。

「……それって実話だよな？」

「原作は実話をベースにしたフィクションだ。初めて観たのは中学生のときだが、これを超える恐ろしい映画には出会ってない」

「へえ……」

明治三十五年、ロシアとの戦争に備えて青森《あおもり》県八甲田山で行われた演習のさ中、参加した日本陸軍の兵士らが遭難し、多くの犠牲者を出した。いわゆる「八甲田雪中行軍遭難事件」である。世界的にも類のないこの悲惨な遭難事故を題材に作家、新田次郎《にったじろう》は『八甲田山死の彷徨《ほうこう》』を執筆。それを原作として映画化されたのが『八甲田山』だった。

映画は実際に八甲田山でロケを敢行。その迫力と物語の悲劇性、日本映画界を代表する俳優陣の豪華共演——というスケールの大きさが話題を呼び、邦画として空前のヒットを記録した。

「とにかくすごい、って話だけは聞いてるけど……観るのは初めてだ」

黙って観ていた瑳苗と異なり、一はポップコーンの袋を抱え、ツッコミを入れながら鑑賞を始めた。日本映画、しかも三十年以上も前の作品という気軽さもあった。最初は「いるよなー、こういう上司」「健《けん》さん、カッコいいな」「あー、まずいぞ、それは……」と元気にしゃべっていたのだが、徐々に言葉数が減っていく。

兵士たちの相手は大自然の猛威である。彼らはその自然を甘く見たがゆえに白銀の地獄をさまよい、怯えている。しかし、本当の恐ろしさは自然でも寒さでもなかった。逃げる場所も助かる方法も、自分がこれからどうなるのかもわからず、極限下で自我を崩壊させていく人々の姿だった。

暖炉のそばにいるにもかかわらず、血液も凍る氷点下の世界にいる兵士らに身も心も共鳴し、一は震えた。

「……ディスク、変えていいか？」

一枚目を観終わり、腰を上げようとした瑳苗に尋ねられて一は我に返る。

「え？　あ……ああ」

いつの間にか瑳苗にぴったり寄り添い、背中に隠れるようにして画面に見入っていたらしい。まるで親の陰に隠れる子どもだが、これには理由がある。

幼い頃、一は父の背中が大好きだった。広く、頼もしいその場所は、いつも一を受け入れてくれた。逆に、背後から父に抱きしめられるのも好きだった。温かくて、守られている気がしたからだ。いうなれば、チャーリー・ブラウンの友人、ライナスの毛布みたいなものである。

父を失い、成長してからも「背中」は一にとって安心できる場所であり続けた。学生時代はよく、悪友の背中にいきなり抱きついたりもした。別におかしな感情からではなく、男特有のスキンシップである。その証拠に、恋人にもそんなふうにして接してきた。

だからといって、瑳苗にまで——恥ずかしさで胃がきゅっと締まった。気持ち悪いと思われなかったかな……と考えたが、それをあえて確認するのもはばかられる。

一は恥ずかしさを隠すため、瑳苗をにらみつけた。

「おい、なんだよ、これ。ずるいぞ、こんなの持ってくるなんて……」

「ずるい?」

「めちゃくちゃ怖いじゃないか!」

「そう言っただろうが」

「だって、中学生には怖くても……大人には平気だろうと……」

「じゃ、ここでやめとくか? 別にいいぜ」

「ま、まさか……観るよ」

一は渋々、答えた。

結末がわかっていれば安心して観られるという映画もあるが、これは違った。悲劇なのは最初からわかっているし、すでにその悲劇の真っただ中にいる。どんな形で収束するのか——そこまで観なければ、悲劇にピリオドは打てない。

「今夜は冷えるな。雪になるかも……って天気予報で言ってなかったっけ」

「え？」

瑳苗の目がかすかに光る。

「臨場感満点だろう？」

「お、お前……天気まで考えて……？　嫌な奴だな！」

「偶然だ。俺はホラー映画を持ってないから、一番怖いと思うＤＶＤを選んだだけだ」

「嘘つけ！」

「嘘じゃない。邦画屈指の名作だし、入江先生の作品の映画化の参考になれば……と思ったんだ」

気にかけてくれていたのか——と感謝すべきところだが、どうも信用できない。

「映画の後で原作を読めば、どこをどう脚色してドラマティックにしてるか、よくわかるぞ」

「だったら、別の作品でもよかったじゃないか」

「『生きてこそ』とか？」

「バカ！　あれもアンデスの飛行機遭難事故の映画化だろうが！」

「詳しいな」

昏の端に笑みを浮かべた瑳苗を見て、一は確信した。

こいつ、やっぱりわかっててやってやがる……。

「お前……どうしてそう意地が悪いんだよ」

「心外だな。筋トレのつもりなのに」

「……筋トレ？」

「あれは筋肉を苛めて強くする……という一種の破壊活動だ」

一は呆然とした。

「な……俺を鍛えるってか？　大きなお世話だ。頼んでないし！」

「そりゃ失礼」

と言いつつ、瑳苗がラグのそばから離れようとした。

「お、おい、どこ行くんだよ！」

「ビール、取ってこようと思って……」

「……なんだ」

「ついでにトイレへ――」

「お、俺も行く！」

ゾンビやサイコキラー映画を観た後でびくびくするのはわかるが、今観ているのは「恐ろしい状況」が舞台である。雪山と同じ状況は襲いかかってこないのに、ひとりになるのが嫌だった。

「女子高生かよ」

「き……兄弟は助けあうもんだろ」

妙な迫力に負けたのか、あるいは面白がっているのか、瑳苗はうなずいた。

「……わかったよ、義兄さん」

ホッとし、一は立ち上がった。緊張し切っていたせいか、身体が強張っている。足を動かした途端、何かが足の下で鳴った。

「ぎゃー！」

思わず、飛びのく。ポップコーンを踏んだだけだった。さすがの瑳苗も吹き出す。

「う……うるさい」

穴があったら入りたい、とは正《まさ》にこのことだと一は思った。しかし、今は笑ってもらえるほうがよかった。

トイレから戻り、並んで続きを観る。長く続いた恐怖や無力感は、やがて大きな感動となって一を包んだ。人の愚かさ、驕《おご》りという山の向こうに、彼らの命を救おうと懸命に努力する人々の姿、友情があったからだ。

気がつくと、一はまた瑳苗の背中にくっついていた。しかし、瑳苗は何も言わなかった。瑳苗の身体の温かさがドラマの感動に重なり、深い悲しみと共に一に余韻《よいん》をもたらした。

「どう？」

DVDをケースにしまいながら、瑳苗が聞いた。一は軽い放心状態に陥りながら、うなずいた。

確かに名作である。それは認めざるを得ない。

「うん……よかった。反則技だけどな」

「原作、貸してやるよ」

「……ありがとう」

「さてと――」

瑳苗が紙ゴミなどを拾い集める。「これでお開き」というムードを粉砕すべく、一は明るく言った。

「よかったけど……今の映画は会の趣旨に反する。やっぱりおバカ映画も観よう。笑うぜー」

本当はこのままひとりで寝るのが怖かったからなのだが、そこは隠し、さも「物足りない」かのように言う。

「え、もう一本？」

「い、いいだろ、口直しだよ。兄貴の言うことは絶対だぞ」

一は念のために……と用意しておいた『死霊のはらわた』をセットした。

「素直じゃないな……怖いなら怖いと言えよ」

「うるさい！」

瑳苗はめずらしくニヤニヤしつつ、一の隣に腰を下ろした。


いつ寝てしまったのか、一はまったく覚えていなかった。

目を覚ましたとき、視界に入ったのは皿の上のチキンの骨、散らばったポップコーン、転がっているビールの缶……カーテンのすき間からのぞく空はうっすらと青く、早朝だということはぼんやりとした頭でもわかった。

今日は日曜。まだ寝ていられる——一はそのまま、再び眠りの世界へと引きずられていきそうになる。

ひどく心地がよかった。床の上だったがラグが敷いてあるし、頭の下にはクッションがあった。丸くなった身体にはブランケットが巻きついており、暖炉の火は消えていたが、寒くはない。

そして——誰かが背後にぴったりと身を寄せている。

この暖かさ、心地よさは人の温もりだ。気持ちがいいのも、寒くないのも、そのせいだ。お父さんみたいだ……安心して身を任せていられる。このままずうっと眠っていたい——。

「ん……」

お父さんじゃない。瑳苗だ。そうだ、一緒に映画を観て騒いだんだっけ。

一はうとうとしながら、夢うつつに高校時代のことを思い出す。

クラスメイトの家に友人数人で泊まったとき、部屋に布団を敷き詰め、重なりあうようにして寝た。クラスメイトの弟も交じってた。翌朝、起こしにきた母親が「子犬みたいね」と笑ってた……。

瑳苗も同じように寝ちゃったんだな。可愛いとこあるな。なんだか、本当の兄弟みたいだ。弟にしては生意気だけど——いや、弟って生き物はみんな生意気らしいから、こんなもんなのかも……。

「……ふ……」

長く逞《たくま》しい腕が前に回され、一の身体を抱きしめた。瑳苗も寝ぼけているらしい。面倒なので放っておくと耳、そして首筋に何か柔らかいものが触れた。

唇のような気がしたが、それが何なのか確かめる間もなく、一は眠りに落ちていった。

＊＊＊＊

「……あれ？」

一がそれに気づいたのは月曜の午後二時過ぎ、会社のトイレで歯を磨いていたときだった。

鬱血《うっけつ》したような赤い痕《あと》が首筋にある。虫刺されか？　と鏡を凝視し、触れてみたが、痛くも痒くもない。

「お、カジくん……キスマークかあ？　やるなあ」

たまたま居合わせた年配の社員に見られ、からかわれてしまった。一は慌てて否定する。

「キスマーク？　いや、そんな嬉しい記憶ないし……きっと蚊《か》か何かですよ」

「三月に蚊か？」

「じゃあ、ダニ……かな？」

「おいおい、ちゃんと部屋を掃除しとかないと女の子に逃げられるぞ」

「そうですね」

と返しつつ、思う。あの家にダニはいないだろうと。ついでに言うと女の子もいない。いたのは憎たらしい義弟だけだ。

シャンプーの際、あるいは寝ている最中にでも引っ掻いたのか？　本当にキスマークだったらいいんだけど、それに近いシチュエーションには一年以上、ご無沙汰だしなあ——と二十代の健康な男子らしい妄想を浮かべつつ、一は廊下へ出た。

「お」

ショートのトレンチコートにマフラーという格好の瑳苗に出くわす。

「ああ……えーと……おはよう」

一の言葉に瑳苗はちょっと眉をひそめた。

「おはよう……？」

おかしな挨拶だったが、他に言いようがない。出社時刻が瑳苗は七時、一は十時……とバラバラなのでこの時刻まで会わずにいたのだ。

ちなみに常葉出版はフレックス制を導入しており、コアタイムは午前十一時～午後四時となっている。

編集部勤務の社員の大半が「遅めの出社」の中、瑳苗は数少ない早朝型だ。満員電車で体力を使いたくない、抱える作家に高齢者が多く、「午前中に打ちあわせをしたい」という声に応えたい、深夜まで働くより早く帰りたい——というのが主な理由だという。食事の節制も含め、それが瑳苗のスタイルらしい。

「あ、そうだ。本、サンキュー」

一は礼を言う。今朝、二階のダイニングテーブルに『八甲田山死の彷徨』の文庫本が置いてあったのだ。

「返すのはいつでもいい」

「うん。外出か？」

「真淵先生と打ちあわせ」

「ああ……K文学賞取ったんだって？　すごいな」

「先生が、な」

瑳苗はそっけなく言った。

瑳苗に独自の「仕事の進め方」があることは以前から知っていたが、なんとなく鼻につく感じがして詳しく聞かずにいた。同期の飲み会に来ないのも、迎合しないプライドの高さがそうさせているのだろうと。

しかし同居がきっかけでその印象は一の中で微妙に変化を遂げつつあった。嫌味や意地の悪さは相変わらず感じるものの、生活スタイルや言葉の端々から仕事への情熱、さらには作家への畏敬《いけい》の念が滲み出てくるのだ。

田中瑳苗メソッドを真似たところで同じ結果が出るとは限らないが、理論には説得力があり、興味深い。せっかく縁あって距離が狭まったのだ。こいつをもっと知りたい……一はそう思い始めていた。

「まあ、そうだけど……」

「今日はその授賞式と祝賀会の打ちあわせだ」

「ふーん……先生によろしく」

じゃあな、と向けられた瑳苗の背中を見た瞬間、なぜか昨日の朝のまどろみのイメージが一の中によみがえった。

そういえばあのとき、瑳苗に後ろから抱きつかれて……それから、唇みたいな感触が首筋に——。

振り返ると、瑳苗を乗せたエレベーターのドアが閉まるところだった。

一はハッとした。閉まるドアの間から見えた瑳苗の視線が自分に注がれていたからだ。偶然目が合ったのではなく、明らかに凝視だった。

もやもやしたものを感じた一は再びトイレに戻り、鏡に映った首の痕に目をやった。それから自分の腕を身体に回し、昨日の朝の感触を思い出そうとする。

あの腕の逞しさ、硬さは女の腕じゃない。抱きしめられたのが夢じゃないとすれば、抱きしめたのは瑳苗だ。家の中にはふたりしかいなかったのだから、他の誰かだとは思えない。

きっとあいつは寝ぼけてたんだ、と一は自分に言い聞かせた。

女の夢でも見て、俺にしがみついたんだろう。でなければ男を抱きしめたり、キスなんかしない。

悪ふざけでやる男もいるが、瑳苗はそういうタイプじゃない。

その一方で一は思う。

あれほどの男前なのに、瑳苗の恋の噂は聞いたことがない。会社では恋人の存在を上手く隠せても、家にいれば携帯メールのひとつもするはずだ。まさか、俺を……？

いや、ちょっと待て。映画を観ながら、怖い……と瑳苗にぴったりくっついていたのは自分だ。抱擁《ほうよう》の心地よさにうっとりと寝こけていたのも自分。まさか俺が誘ったように誤解されたとか、そんな――。

「う……わ……」

一は首筋をガリガリと掻きむしった。

「いや……考え過ぎ……考え過ぎ……」

一は深呼吸をくり返した。彼女がいない＝男好きならば、自分もそのカテゴリーに入ってしまう。自分は違う。だからきっと瑳苗も違う。あんなに神経質では女も寄りつくまいとうそぶいてみたものの、あのスペックでモテないわけがない。

どうにか気持ちを鎮めて自席に戻ると、同じ編集部の女性社員が電話の相手に告げた。

「……あ、お待ちください。戻りましたので」

「俺ですか？」と一は自分の顔を指差す。女性はうなずいて通話を保留にした。

「入江先生から」

「すいません……もしもし、お電話代わりました、鍛治舎です。いつもお世話になっております――」

イスに座りながら、一は電話に出た。

『あ、入江です。お世話さまです』

のどかな声が耳に飛び込んできた。映画化が決まった作家、入江和隆《かずたか》だった。

『すみません、今いいですか？』

「ええ」

『あの、こんなこと鍛治舎さんにお願いするのは心苦しいんですけど――そっちで安くていいホテルを教えてもらえないかと思って……』

「あれ、お友達のところに泊まられるんじゃありませんでしたっけ？」

入江は地方在住だが近々、上京することになっていた。映画の打ちあわせがメインなのだが、せっかくだから——ところで暮らす友人宅に二週間ほど滞在し、東京《とうきょう》見物や資料探しをすると聞いていた。

『それが急な出張で、一週間ばかり北京《ペキン》へ行くっていうんです。今さら予定を変えることもできないから、最初の一週間はホテルに泊まろうと思ってるんです。でも都内のアクセスとかよくわからないから、鍛治舎さんに聞いてみようと……』

「ああ、お安いご用ですよ」

『お忙しいのにすみません』

申し訳なさそうに入江は言った。

「とんでもない」

入江とは今回初めて顔を合わせる。三十二歳と年齢も近く、朴訥《ぼくとつ》とした雰囲気の持ち主である入江に会えることを一は楽しみにしていたのだ。宿泊費の予算を尋ね、いくつかよさそうなところをピックアップし、折り返し連絡すると伝える。

通話を切ると同時に携帯電話にメールが届いた。瑳苗からだった。

【さっき言い忘れた。今週末、また映画祭やるか？　暖炉を使いたいなら、親父たちがいない間の

ほうがのんびりできる】

一は首筋に触れ、携帯の画面を見つめる。

誰もが、人生の中で何度か赤面ものの失敗をする。酔って暴言を吐いたり、うっかり言葉を間違えたり――このキスマークもそんな失敗のひとつだ。こんなふうにさらっと誘ってくるということは、瑳苗本人も気づいていないのだろう。

こういうことは、気にし過ぎるほうがかえって恥ずかしい思いをするものだ。だから――いや、しかし――。

悶々とする一の目が、殴り書きのメモの上で止まった。

一週間、ホテル、入江先生……一の中で何かが光った。顔を上げ、入江に電話をかける。

「……あ、鍛冶舎です。お世話になっております。先生、先程のホテルのことなんですが――よろしければ、私の家に泊まりませんか？」

『え……でも……』

入江の声が戸惑う。

無理もない、と一は思った。担当編集と作家として何本かの小説を共に作ってきたが、仕事の取引相手なのだ。友達でも仲間でもない。信頼関係を結ぶのは大切だが、一定の距離は必要だと上司から教えられてきたし、一自身もそう思っている。

しかし、今は「困った者同士」だった。片や宿を探しており、片や義理の弟とふたりきりになることにためらいがある。さすがにそんな状況をあけすけにぶちまけるわけにはいかないが、入江にとっても悪い話ではないはずだ。

「実は広い家に引っ越したばかりなんです。食事を用意することはできませんが、部屋と風呂は好きに使ってくださって結構ですよ。新宿《しんじゅく》に近いので、アクセスはいいです。もちろんホテルのほうが気楽だと仰《おっしゃ》るなら、無理には勧めませんが……」

一はできるだけ穏やかにPRする。

『はあ……実は僕、ホテルがあまり好きじゃないので、ありがたいお話なんですけど――ご迷惑じゃないんですか？　ご家族の方とか……』

「それは大丈夫です！」

思わず立ち上がった一は周囲の視線に突き刺され、慌てて声をひそめる。

「どの先生にも声をおかけしているわけじゃありませんので、内密にしていただければ……」

『あ、それは大丈夫です。僕、同業者の知りあいはほとんどいませんから』

恥ずかしそうな入江の口調に癒しと安堵《あんど》を感じ、一は相槌《あいづち》を打った。

「そうですか。じゃあなおさら、うちで寛《くつろ》いで東京を楽しんでいってください。女っ気はありませんが、気楽さは保証します」

瑳苗には事後報告で済ますつもりだった。作家を大切にする瑳苗のことだ、気分を害しても断れないだろうと一は踏んだのだ。上司はいい顔をしないかもしれないが、作家が喜んでいるとわかればクリアできるだろう。

「……はい、では——お待ちしております。失礼いたします」

通話を切り、一は瑳苗に返信メールを出した。

【映画祭、ひとり増えてもいいか？】

5

社屋のエントランスへ降りた一は、待ちあわせや打ちあわせスペースを兼ねたテーブル席を見回した。しかし、約束をした男に該当する人物は見当たらない。ひとりで腰を下ろしている外部の人間は三人。ひとりは明らかにどこかのビジネスマン、ひとりは女性。残るひとりは私服の大学生のようである。

一は連絡をくれた受付嬢のところへ行き、所属と名前を名乗った。すると受付嬢は、緊張の面持ちで座っている眼鏡の大学生を示した。

「あちらの方です」

「え……でも……」

一に気づいた大学生が腰を上げた。一はまさか……と思いつつ、そろそろと近づく。

「あの……もしや……入江先生ですか?」

「あっ、はい!　初めまして!」

一は聞き覚えのある穏やかな声に驚いた。確かに何十回と受話器越しに聞いた入江の声である。

間近で会うとさすがに大学生の若さではないとわかるが、それでも三十二には見えない。

　作家やデザイナー、外部の編集者など、出版社を訪れる人間の多くはラフな格好をしている。社員も似たり寄ったりなので年齢不詳には慣れているはずだったのだが、入江はそれを上回る童顔だった。

「ああ……失礼しました。鍛治舎です。お会いできて嬉しいです。この度は遠くからありがとうございます。お疲れさまです」

「いえ、こちらこそ……お世話になります」

　入江はぺこっと頭を下げた。

　ぬいぐるみを思わせる仕草に癒され、一はいきなり脱力しそうになる。童顔な上に小柄で、弄《いじ》り回したくなるようなキャラクターだ。一はもともと作品のファンだったが、作家本人のファンにもなりそうだった。

「いや、ずいぶんとその……お若いなーと思いまして――あ、すみません、歳下の私が言うことじゃありませんが……」

　エレベーターホールで一は言った。チノパンツにセーター、ピーコートというでたちの入江は恥ずかしそうにうなずく。

「いえ、よく言われますから……服装のせいかと思ってたんですが、スーツのほうが余計に幼い感じがするみたいなんですよね。それこそ七五三に見えるのかも」

入江は大学卒業後、実家が営む和菓子屋を手伝いながら作家活動をしている。それゆえスーツにも大企業にもほとんど縁がないと言い、常葉出版自社ビルの内装に目を輝かせた。

そんな入江を、一はまず文芸一部に案内した。上司である部長が挨拶をし、続けて映画や映像、デジタルコンテンツを手がけるメディア部の担当者、営業部長などが次々に応接室を訪れた。それもこれも作品の映画化が決定したからである。

名刺交換だの映画の話だのをしてから、社長や取締役らとの昼食会……と続き、ようやくふたりきりになれたのは午後二時近くだった。

「はあ……」

文芸部のフロアに戻ってきたところで、入江が息を漏らした。

「お疲れでしょう。大丈夫ですか?」

「あ、はい。社長さんにも先生って呼ばれちゃって……今が人生のピークかもって……」

「何を言ってるんですか! これからですよ!」

一は本気で激励する。入江は嬉しそうに微笑み、廊下に貼ってあるポスターに目を止めた。

「あ……これ、読みました!」

それは真淵匠の『エクスルターテ』のカバーデータに赤い文字で「K文学賞最年少受賞!」と入れ、引き伸ばした手作りのものだった。

「大好きなんですよ、真淵先生」

そうつぶやく入江の向こうから瑳苗がやってくるのが見えた。一は「田中」と呼び止める。

「こいつが真淵先生の担当の田中です。こちら、入江和隆先生」

瑳苗は小さくうなずき、社員証の中から名刺を取り出した。

「初めまして、田中と申します。お世話になっております」

「あっ、どうも……よろしくお願いします」

入江には瑳苗が義理の弟であること、同居していることなどを説明してあった。その上で、その二点を社内で話さないよう頼んでおいたのだ。

入江を泊めることについて、瑳苗は当初反対した。社会人とはいえ、大切な作家を自宅に滞在させている間に何らかの事件や事故が起こったら、誰が責任を取るんだ——と怒りを見せたのだ。

もちろん、一とてそれは理解している。しかし親同士が結婚し、同居していることは一も瑳苗も会社側には話していなかった。当人が入籍したとか、近親者が法律違反を犯したということは報告すべきだろうが、「親」の問題だから必要ないと判断したのだ。

それと同じじゃないかと一は反論。さらに入江の真面目な性格や窮地を説明すると、瑳苗は最終的に折れてくれた。入江を緩衝材《かんしょうざい》として家に招いた——という個人的な思惑に胸が痛まなくもないが、入江も俺も助かるんだから、これでいいのだ！　と一は自分に言い聞かせた。

「この度はあの……いろいろとありがとうございます」

「社内で話さない」という約束を守り、入江は言葉を選びつつ、瑳苗に礼を言った。

「こちらこそ。何か困ったことがありましたら、遠慮なく言ってください」

「真淵先生のファンだそうだ」

一の説明に入江は「なんで言っちゃうんだよ！」とばかりに真っ赤になった。

「ああ、そうなんですか。言ってくだされば見本をお送りしましたのに――」

「ありがとうございます。でも、自分で買います。同じ作家だからっていうのもありますけど……働いたお金で買って読みたいんです」

「そうですね……失礼しました」

丁寧に謝る瑳苗に一は驚いた。確かに入江の言うとおりだが、同じ立場にいたら一も同じことを言ったに違いない。話の内容ではなく、一は瑳苗の態度の落差に驚いたのだ。

俺には毒舌かますくせに……と一は少し悔しくなった。作家と張りあっても仕方がないし、特別扱いされたいわけでもないが、なんだか腹が立つ。

「真淵先生に伝えておきます。きっと喜ばれると思いますよ」

「えっ、や、やめてください！　緊張しちゃって、小説が読めなくなります！」

入江が叫ぶ。可愛い……と思ってしまう一だった。瑳苗もそう感じたのか、くすっと笑う。

そんな瑳苗の表情を日にし、モヤモヤしたものが一の胃に渦巻いた。しかしすぐに瑳苗が去ってしまったので、その原因を見極めることはできなかった。

「親同士の再婚で義理の兄弟に……って話は珍しくないですけど、子どもが同僚だったたっていうのはすごい偶然ですよね」

会議室のイスに腰を下ろした入江が言った。

「世の中は狭いというか、事実は小説より……ってやつですかね」

「あ、本当だ。小説のネタにいただいてもいいですか？」

「どうぞどうぞ。でも、うちで出す作品にしてくださいよ」

ふふふっと笑いながら、温かいコーヒーを飲む。

「田中さんがお義兄さんなんですか？」

一は首を横に振った。

「いえ、私が少しだけ上です。同僚としてのつきあいのほうが長いので、簡単に兄弟面するのは無理というか……以前より親しくなりつつあるかなーって程度ですよ」

「あー、そうですよね。これが兄弟の結婚でできた義兄弟……なら、また違うんでしょうけどね」

ようやく緊張が解けたらしく、入江は屈託なく会話に応じる。

「先生は、ご兄弟は？」

「男ばかり三人で、僕は真ん中です。兄貴はひとつ上。弟はちょっと離れてて、二十四です」

「へえ、お兄さんと呼べる人がいて、お兄さんと呼んでくれる人もいるんですね。いいなあ……」

「あー、そんなふうに考えたことなかった。鍛治舎さんの感覚って面白いですね」

入江はメモ帳を取り出し、いつか使うかもしれないから……と本当に一の言葉を書き記した。

「弟はいますけど、実は『お兄ちゃん』って呼ばれたことないんですよ。上の兄貴が『兄ちゃん』で、僕は『和《かず》ちゃん』なんです。親がそう呼んでたもんだから……」

「なるほど……」

「でもね、弟の彼女が『和隆お義兄さん』って呼んでくれるんですよ！」

「うわー、それはいいなあ」

「秋に結婚して、実家のそばに住むんです」

嬉々として入江は語った。瑳苗が言う「義兄さん」とはニュアンスがずいぶん違うが、弾む気持ちは理解できた。

「それはおめでとうございます。弟さんのご結婚に、先生の作品の映画化……ご家族の皆さんにはおめでたいこと続きですね」

入江の作品は本人同様、優しく穏やかな作風が特徴だ。「安心して耽溺できる物語を編《あ》み出す作家」として熱心な読者がついているし、一もその持ち味を損ねないような作品作りを心がけている。爆発的ヒットにつながるようなパンチには少々欠けるが、生真面目な入江の性格、仕事への態度を一は知っているだけに、今回の映画化は心底嬉しいニュースだった。

ところが、入江の表情が少し曇った。

「あー、そうですね……でも、本当にできるんでしょうかね、映画——」

「脚本の件……ですか？」

入江は申し訳なさそうにうなずく。

「こちらの意図を酌《く》んで直していただいた——とは思うんですけど、なんかやっぱりちょっと……納得いかない部分があるというか……」

ここで兄弟話は終わり、今回の上京のメインでもある映画の話に移った。

小説の映像化に限らず、元の形と表現媒体が変わればどうしても齟齬《そご》をきたす。仮に原作者がメガホンを取ったとしてもだ。

違う形で作品を作る場合、原作者の立場は大きくふたつに分かれる。ひとつは、まったくの別物と割り切って任せてしまう。もうひとつは、徹底的に口を挟む、である。もちろん版元である出版社の出資額など、パワーバランスによっても、口を挟めるかどうかは変わってくる。

映画化の申し入れがあったとき、一は上司や先輩社員のアドバイスを受け、入江にそのふたつの立場の説明をした。後者が許されるかどうかは映画会社、監督の思惑によっても異なってくるが、「原作者全面協力」が宣伝面でマイナスに働くことはない。読者の安堵感、信頼感が増すからだ。

どちらを選ぶかは先生次第ですが、どちらを選ぶにしても我が社は先生をバックアップします——一はそう伝えた。それを受けて入江は「門外漢なので任せたい」と答えた。

そして『画商の帽子』の第一稿脚本が上がってきた。

いくら「任せる」とはいっても、脚本が成功の鍵であること、脚本チェックが「口を挟む」以前の問題であることは関係者全員が理解している。作品のカラー、監督が意図するものが脚本に現れるものだ。また、脚本が完成しないことにはキャスティングにも入れない。

残念ながら、第一稿は原作の持ち味を生かし切っているとは言いがたかった。流れは原作どおりだったが、「今ひとつ」の出来だったのだ。一と入江だけでなく、上司らも同じ意見だった。

入江の意向を受け、一は映画会社の担当、監督、脚本家と根本的な部分――「この映画で何を伝えたいのか」をよく話しあった。原作をベースとし、換骨奪胎《かんこつだったい》してまったく異なる作品に仕上げてしまうケースもある。それも考慮に入れて脚本家が交替し、第二稿脚本が完成した。

脚本家変更が功を奏したのか、二稿はかなりよくなっていた。しかし、これで完成ではない。ここから先は一が間に入り、入江の気持ちと映画会社の気持ちをどこまですり合わせできるか――にかかってくる。

「まず、最初に確認させてください。全体的なトーンはこれで問題ない……と思っていいですか？　つまり、変更するとしても第一稿のようなゼロからの書き直しではなく、マイナーチェンジで済む……と？」

一の問いかけに入江はうなずいた。

「はい」

「先生、第一稿と比べないほうがいいですよ。あれはあれ、これはこれです」

「そうですね……これは僕が言いたかったこともちゃんと反映されてるし、なかなかいいと思います。ただ、あの――サナエがいなくなってますよね」

「ああ……」

やっぱりそこか、と一は思った。

サナエとは脇役も脇役、本当に小さな役柄の登場人物だった。物語全体に関わるキャラではなく、ほんの少し出てくるだけだ。

脚本ではサナエという役そのものが削られていた。彼女のセリフは他のキャラクターに振り分ける、登場場面を誰かの言葉だけで説明する——という工夫がされていたのだ。エピソードそのものを削ったわけではないので話は十分通じるし、雰囲気を損ねてもいない。

一は「上手くまとめたな」という感想を抱いた。サナエというキャラクターが「いないほうがいい」とは思わない。ただ、映像化に際しては登場人物を減らしたほうがすっきりして入江のメッセージがより伝わるかもしれない、と思ったのだ。脚本家の意図は伝わってくる。

「僕もそう思いました」

一の率直な感想を聞いた入江は言った。

負け惜しみではなく、心からそう思っていることがわかり、一はホッとする。その上で入江の気持ちを代弁した。

「でも——サナエを残したいんですね？」

入江は微妙な表情でうなずく。

「確かにサナエがいなくても辻褄は合うし、話はわかるんですけど……サナエは鏡に映った主人公の姿なんです。わかるように書かなかった僕が悪いんですけど……」

「そんなことはありませんよ。有名なアイドルを起用するために男の役を女に変える――みたいなことが、映画ではよくあります。ニュアンスがまったく変わってしまうのに、集客のためにそうするんです」

「ああ……そういえば……」

「もしかしたら、今回の脚色もそういう事情があるのかもしれません。だから、自分が悪いだなんて思う必要はないですよ」

「はい」

なかなか悩ましい問題だ、と一は思った。

映画のヒットが見込めれば、金を出す企業が増える。それにはまず「ヒットする」要素を揃えなければならない。原作、俳優、監督、音楽――多ければ多いほどいい。

ところがそのために原作とは異なる味付けや飾りを施し、映画はヒットしたものの、原作の良さが薄まってしまうケースも少なくない。ソースに凝り過ぎて素材の味を消すようなもので、本末転倒だ。

編集者は常に原作と原作者の立場に戻る必要がある。

大勢の人間に観てもらい、原作を手にしてもらうため、まったくの別物と割り切って制作サイドの好きにさせるか。原作に忠実に作らせるため、徹底的に口を挟むか。

一は常葉出版の社員だ。会社の思惑や上司の思惑、さらには会社同士の力関係が絡みあう中で働いている。入江の気持ちを優先させたくても、それができない場合もある。

「まず、先生が考えてらっしゃることを先方にぶつけましょう」

一は言った。プロデューサー、監督、脚本家との話しあいは明後日だ。

「……そうですね。うじうじ考えてるだけじゃ、何も変わりませんもんね」

入江の表情が明るくなった。

「そうです。納得できないなら、できるまで何度でも話せばいいんです。妥協することはありませんよ」

「ありがとうございます」

「じゃ、具体的に詰めていきましょう」

一は第二稿を引っ張り出し、赤ペンを手に取った。

「すみません、わがままを言って」

午後七時、タクシーの中で入江は謝った。夕食はレストランで――と一は考えていたのだが、入江が「家でゆっくりしたい」と言いだしたのだ。予定がぎっしりで少し疲れてしまったらしい。

瑳苗に連絡を入れてみたところ、「鍋でもどうか」という返事があったので、自宅へ向かっている最中だった。

「いえ、構いませんよ」

「東京なんて滅多に来ないし、偉い人にあんなにちやほやされたこともないから、なんか舞い上がっちゃって……」

照れくさそうに入江は笑った。

「でも、鍛治舎さんの家に泊めてもらえてよかった。ホテルだったら、舞い上がったままだったと思います」

「そうか……じゃあ、以前の私のアパートのほうがリラックスできたかも――」

一はわざとらしく考え込む仕草を見せる。

「どうしてですか？」

「田中の実家、でかいんですよ」

「え……」

「暖炉があるんです。風呂の天井からは夜空が見えます」

眼鏡の向こうの入江の瞳が大きく見開かれた。

「嘘っ！　別荘みたいですね！」

予想どおりの反応が嬉しくなり、一のテンションも上がる。

「そうなんです！　私もびっくりしました。親の新婚旅行は客船でクルーズですよ」

家を建てたのは勝行なので瑳苗を持ち上げる形になるのは業腹だが、楽しい話題が必要だ。それに自分も母も恩恵を受けている。

「ふわー……」

昔からの友人のように盛り上がっているうちに、タクシーは田中邸に着いた。先に二階の客室へ案内し、それから瑳苗が待つ一階へ下りる。

「……あ、本当だ！　暖炉だ！」

挨拶もそこそこに、入江は火の燃える暖炉へ突進した。鍋の準備をしていた瑳苗は一にぼそっとつぶやく。

「……お前と同じ反応だな」

「うるさい」

「でも、お前より可愛いな。歳上だが」

一瞬、一は呼吸を忘れた。言われたくないことを言われた——そんな気がしたのだ。理由はわからないが、瑳苗に言われたくなかった。

「すごいですねえ……あ、お手伝いします」

暖炉を離れた入江が言った。

瑳苗が答える。

「いえ、先生は暖炉の前でゆっくりなさってください。すぐに準備できますから——」

相手をしてやれ、と瑳苗が一に視線で命令する。しかし、入江は首を左右に振った。

「あんまりお客さん扱いしないでください。緊張しちゃうんで……それに僕のわがままでお世話になるんですから、何かさせてください」

そういうわけには——と言おうとした一を遮り、瑳苗はにこやかに言った。

「そうですか。じゃあ、お言葉に甘えて……そこにある食器をテーブルへ運んでいただいてもいいですか？」

「あ、はい」

瑳苗の豹変《ひょうへん》ぶりに、一はあ然とした。

確かに相手は大事な作家先生だ。一方、こちらは編集者、おまけに親族でもある。扱いにも態度にも差があって当然なのだが、一の心には昼間にも感じたモヤモヤが広がっていく。

入江が悪いのではない。瑳苗も悪くない……と思う。頭ではわかっている。しかし、俺には意地の悪いことを言ったり、ぞんざいに扱ったりするくせに——と非難の矛先はなぜか瑳苗に向いてしまう。

なんだ、これ？

「おい」

瑳苗に呼ばれ、一は我に返った。

「え？」

「飯が炊《た》けたから、混ぜてくれ」

「ああ……うん」

作業台で野菜を切り分けている瑳苗の背後に回り、一は炊飯器を開ける。ぷうん……といい香りがした。飯の中にまいたけが散っている。

「美味そう……」

「十分ぐらい蒸らしたら、それ入れて」

瑳苗が示した先には刻んだ三つ葉があった。

「いいけど……いきなり飯？」

「入江先生、下戸《げこ》だろう？」

そうだった、と一は思い出す。

「お前、どうして知ってるんだ？」

「『マリウス』の特集記事に書いてあった」

背中を向けたまま、瑳苗はそっけなく答えた。

「ああ……」

ちゃんと読んでくれてるんだ——そう思うと一は嬉しくなった。しかし、同時にまた胸が苦しくなる。毎号読んでいるのか、入江のファンなのか、あるいは今回の滞在のためにチェックしたのか。

自分が同じ立場になったらどうしただろう？　瑳苗が担当する作家がこの家に泊まることになったら……同じようにできるだろうか。失礼のないように振る舞うのは社会人、出版社社員として当然だが、「それ以上」のもてなしを考えるだろうか。

一は瑳苗の広い背中を見つめた。その向こうに入江の姿が見え隠れする。

「あの、真淵先生ってどんな方ですか？」

「シャイで生真面目な方ですよ。入江先生に似ています」

「え……そんな……僕なんか全然、格が違うっていうか……」

と言いつつ、入江は嬉しそうだ。

「関係ありませんよ。私は先生の作品が好きです。今回映画化される『画商の帽子』もとてもいい作品ですが、個人的に一番好きなのは『思い出してほしいのです』ですね」

一はハッとし、入江の顔はパッと明るくなった。

「ああ、嬉しいなあ……あれには思い出がいっぱいですよね、鍛治舎さん」

「ええ……」

それは一にとって初の入江作品であり、入江も常葉出版での初仕事だった。ふたりで勢い込んで作った。売り上げはあまり良くなかったが、取締役の柴田から「いい作品だ」という感想と激励のメールをもらった。それは今でも一の支えになっている。

作品のどこが好きで、どこが良かったか、瑳苗は丁寧に入江に話している。その表情は見えないが義務で読んだのではなく、心底読書を楽しんだことが伝わってきた。

すでに消えたはずの首筋の痕が疼《うず》く。

おかしいな、と一は思う。瑳苗とふたりきりになることに戸惑いを感じて入江を招待したのに俺は今、こう思っている——どうしてこいつはこんなふうに優しく入江に話しかけているんだろう。俺のことなんか誉めてくれないし、けなすばかりなのにと。

どうしてふたりきりじゃないんだろう。ふたりきりだったら、この背中にしがみつけるのに——。

ガシャン、という音が響いた。一はビクッと身体を揺らし、瑳苗と入江が一のほうを見る。

「あ……」

そばに置いてあった皿が何かの拍子で落ちたのだった。一は慌ててしゃがみ込む。

「触ったのかも……」

「待て。危ないから、何か袋を——」

野菜の入っていたレジ袋を手に、瑳苗も一の前に屈んだ。作業台に隠れ、入江が見えなくなる。

間近に瑳苗の存在と息遣いを感じ、一の心臓はモヤモヤを吹き飛ばして大きく、強く鳴り始めた。

「ごめん……」

「いいよ。それより手を切るな」

「う、うん」

慎重に破片を片づける瑳苗の姿はこれまでと何も変わっていないのに、鼓動は鎮まらない。ということは、自分の心臓がおかしいわけで……一は戸惑う。

「あの、大丈夫ですか？」

横から入江がのぞき込む。

「ああ、大丈夫ですよ。怪我するといけないから、そっちにいてください」

瑳苗の言葉に入江はうなずく。

なんだよ。なんでそんなに優しいんだよ。お前は俺の同僚で兄弟なのに——。

「あっ……ち……」

刺すような痛みを覚え、一は右手を引っ込めた。人差し指の先に血が滲む。揺れる感情に囚われて無造作に破片を掴んでしまったようだった。

「おい、だから——」

瑳苗は立ち上がり、一の手首を掴んだ。そのまま一の手を蛇口の下に入れて傷口に流水をかけ、

「気をつけろと言ったのに」と引き出しから絆創膏《ばんそうこう》を取り出した。

「平気ですか？」

心配そうな入江に一は笑顔を向ける。

「はい、大した傷じゃありませんから」

入江の手助けで絆創膏を貼ったりしている間に、割れた皿は瑳苗によってきれいに片づけられてしまった。

それから三人でテーブルに着き、鍋を囲んだ。話の中心は入江の作品だった——というより、瑳苗があれこれ質問を振ったのだ。どれも作品を読み込んでいなければできないような的を射た問いばかりだった。

編集者は同僚や上司に相談をしたり、意見を仰いだりすることができるが、作家が自分の担当以外の編集者と話をする機会は滅多にない。しかも、ファンだという真淵匠の担当である瑳苗との会話——入江が喜ばないはずがない。

瑳苗の心遣いがわかるにつれ、一は落ち込んでしまった。

入江を安易にここに泊めることを反対したのも、こうして鍋と炊き込みご飯で歓待するのも、瑳苗が作家を大切に思うからだ。作品を生み出す作家が出版社の財産だと思っているからだ。規則正しい生活も「楽をしたい」という節制も、すべて編集という仕事の責任を全うするため。

それに比べ、自分は個人的な感情に左右されている。瑳苗が入江に優しく接するのが面白くない。入江に「瑳苗が担当ならいいのに」と思われるのではないかと心配になる。己の卑小さが、一は情けなかった。

二時間後。「手伝う」という申し出を断って入江を部屋へ追いやり、一と瑳苗は並んでシンク前に立っていた。

「鍋、助かったよ。俺が全部手配しなきゃいけないのに……ごめん」

「別に……鍋なら簡単だし、俺も食いたかったから」

瑳苗が洗い物をしながら答えた。一は指を切ったので食器を運ぶ役と、洗った食器をふきんで拭く役担当だ。

「それならいいんだけど……ありがとう」

こうなった経緯にやましさを感じる一だが、それを言うわけにもいかず、礼もぎこちなくなる。

「仕方ない、出来の悪いアニキを持ったもんだと諦めてる」

本音か、それともいつもの嫌味か。いずれにしても心が少し軽くなり、一もいつものように返した。

「あー、はいはい、そうですよ」

瑳苗の毒舌もそっけない態度も、以前は表面でしか捉えられなかった。今は違う。

様々な角度から光を当てることで、意味合いが異なって見える。年齢や環境の変化に伴い、同じ小説でも違う味わいを感じられるのに似ている、と一は思った。

「あの……さ、出来の悪いついでに頼みがある」

一は切り出した。

「時間がないとか、ポリシーに反するなら断ってくれていいんだけど――」

「はっきり言え」

「うん……入江先生の映画の脚本なんだけど、ちょっと引っかかっててさ……」

一は脚本家が変わった経緯、第二稿に対する入江の気持ちなどを説明した上で、その二稿を読んでみてくれないかと瑳苗に頼んだのだ。

「それ、入江先生も承知してるのか？」

鍋まで洗い終えた瑳苗が尋ねる。一は首を横に振った。

「いや、話してない。俺がお前の意見を聞きたいだけなんだ。内容によっては、先生に言わないほうがいいだろうし……」

命令系統が複数になると、指示を受ける側は混乱する。物作りの現場では特に指示を出す側の「明確なビジョン」が重要になるが、今回は映画制作サイドの意見もあるので特に気をつけなければならない。

しかし今日の瑳苗の入江に対する接し方を見ていて、あくまでも個人的な意見を聞いてみたいと一は思ったのだ。読者として、編集者としてどう感じるかを。

「いつまで？」

「あ……明日中だと助かる。明後日、向こうとの打ちあわせがあるんだ」

瑳苗はうなずいた。

「わかった」

一はホッと息を吐いた。

「ありがとう。じゃあ、すぐに持っていくよ」

戸締りしておくという瑳苗に後を任せ、二階へ上がる。一は入江に風呂を勧め、脚本を入れた茶封筒を手に瑳苗の部屋を訪ねた。

ノックしたが返事がない。まだ下にいるようだ。ドアノブを回すとドアが開いた。脚本を置くだけだから……とそっと中へ入る。

机の上に分厚いクリアファイルがあった。担当作家の資料らしく、作品タイトルのラベルが見える。

いけないと思いながらも好奇心に負け、一は中を開いてみた。作品内容はもちろん、執筆にかかった時間、登場人物のプロフィールから瑳苗自身の分析、類似作品のメモなどが細かく記されている。一も同じようなものを作成しているが、ここまで細かいものではない。

作家個人の精密なプロフィールもあった。略歴、作品一覧、性格、一日のタイムスケジュール、好きな食べ物、趣味、家族構成、病気のこと、作風の分析……こちらはすべて手書きだった。折々に出した葉書のコピーもある。今どき、メールではなく葉書とは……と驚いたが、瑳苗のことだ。パソコン内にデータとして残した場合、事故や手違いで流出しないとも限らない。それを恐れたのではないだろうか。

部屋を出た一の頭に浮かんだのは「努力」という単語だった。

良いものが必ず売れるとは限らない。努力が必ず報われるとは限らない。社会とはそういうものだ。それでも腐らずに、果たすべき役割を果たすのが大人だ。

手がけた小説が文学賞を受賞し、映画になり……しかし数だけで見れば、瑳苗が作家と作り出してきた作品の中のほんの一握りに過ぎない。その一握りにのみ精魂を傾けたわけではないのだろう。すべてにおいて同じように心血を注いできたことが、あのファイルから読み取れた。ペースを守った日々の暮らしぶりも、プロとして背負った職務のためなのだ。

結果がすべて——とは言いたくない。しかし、瑳苗にだけはそれを使うことが許されるように一には思えた。努力の結果なのだと。

玄関が開き、瑳苗が入ってくるのが見えた。

「……お疲れさま」

「うん。それが脚本?」

一は自分が脚本を持っていることに気づいた。ファイルに驚き、置かずに部屋を出てしまったのだ。

「ああ……うん」

差し伸ばされた瑳苗の手に茶封筒を渡す。

「恩に着る。何で返せばいいかな。今日の鍋も含めてだけど……アイロンかけでもやるか? 掃除でもいいけど」

仕事では力になれそうもないと思った一は、自虐気味に言ってみた。

「じゃ、身体で」

予想外の言葉に面食らう。

「え?」

一の身体はカーッと熱くなった。返事がしどろもどろになる。

「何言ってんだ、冗談キツい――」

「冗談じゃないと言ったら?」

「……いや、それは……俺らほら、あの……」

言ってすぐに後悔した。おかしな深読みがバレバレだ。それにまともに反応したことも恥ずかしく、一の身体はさらに熱くなる。

なぜか瑳苗は近づいてくる。一は後ずさりし、廊下の壁に背中がくっついてしまった。

「それは……って、どういう意味だと思ったんだ? 何を想像した?」

「え、何って言われても……」

空いているほうの手を壁につき、瑳苗はさらに身を寄せて一を見下ろす。

「お前の想像どおりだ……と言ったら?」

低い声に背筋がゾクゾクした。指を切ったときのように鼓動が激しくなる。足が動かないのは多分……逃げる気がないからだった。

「一……」

初めて名を呼ばれ、一の肩がビクンと動いた。瑳苗の顔がどんどん迫る。

「義兄さん――そう呼ぶほうがいい?」

嫌がらせにしては変だった。逃げない自分も変だと思った。

どうしよう、このシチュエーションって、どう考えてもキスの……。

奥のバスルームのドアが開く音に瑳苗が離れた。

「あ、お風呂いただきましたー」

入江の明るい声が響いた。

6

翌朝、いつもよりもかなり早く一は目を覚ました。というより、廊下での瑳苗とのやりとりが気になってよく眠れなかったのだ。

そこで、いっそのこと一緒に出社してはどうか？　と考えた。早朝のほうが仕事がはかどるという話はよく聞くし、身体にもいい。それがすべて――ではないにせよ、成果を上げている人間の真似をするのは悪いことではない。電車も空いているし、すっきりした頭で話ができる。

入江は仕事関係の用事がないので、今日は好きに時間を使って過ごすらしい。ここでのんびりするか、東京観光に出かけるか……と悩んでいた。いずれにせよ、ひとりで行動することになっているので、入江を残して出社しても何の問題もない。

と、いろいろ言い訳を考え、パジャマの上からカーディガンを引っかけて部屋を出た。まずは洗顔を……と思ったのだが、キッチンのほうから笑い声が聞こえてきたので、爪先の方向を変える。

顔を突っ込むと、コンロの前に並んで立つ瑳苗と入江の後ろ姿が目に入った。何かの焼ける香ばしい匂いが漂っている。

「あ、おはようございます」

一に気づいた入江がニコニコと笑った。瑳苗も振り返る。

「おはようございます。先生、早いですね。ゆっくりされてればいいのに……」

「そう思ったんですけど、習慣で……家ではいつももっと早く起きるんです。店の手伝いがあるから」

「ああ、なるほど……」

「すみません、勝手に——」

「いえ、いいんですよ」

「お前も早いな」

今日に限ってどうしたんだ？　という視線を瑳苗が向ける。早かったのは一だけで、ふたりにとってはこれが普通の起床時刻らしい。

「たまには——一緒に出勤しようかと思って……」

「……そうか」

一晩明けてしまったからか、そばに入江がいるからか、瑳苗の本心は読めない。いや、もともと読めてはいなかったんだと一は思った。同居するようになって距離が近くなっただけ。でも、だからこそもっと知りたい。

そう願う一の足を誰かが押さえる。おかしい、いけないと耳に囁く。

知りたいと願うことの何がおかしい？　何がいけない？

「じゃ、ベーコンエッグをひとつ、追加しましょう」

入江が朗らかに言った。

「あ、お願いしていいですか？　顔を洗ってきます」

ふたりを残し、一はキッチンを出た。追いかけてくる楽しげな笑い声が、一の背中を突き破って胸へ刺さる。

俺、嫉妬してる。入江先生に嫉妬してる。瑳苗との間に入って助けてもらおうと思っていた先生に嫉妬してる。

おかしいと思うのは男同士だから。いけないと感じるのは義理の兄弟——家族だから。いや、そうじゃない。嫉妬の種類が同僚や友人に向けるものじゃないような気がするからだ。

（じゃ、身体で）

（お前の想像どおりだ……と言ったら？）

あんなこと、誰にでも言うのだろうか。あんな目で見るのだろうか。入江先生のことも——。

一は洗面所へ飛び込み、冷たい水を顔にかけた。朝っぱらから色ボケしてる場合じゃないぞと言い聞かせ、着替えて戻った。

「……はいいですよねー。原作とは違うけどグッと来ましたもん」

「名場面ですね」

すでにテーブルに着いていたふたりが会話を弾ませている。サラダ、ベーコンエッグ、スープ、白いご飯……と献立はシンプルだが、ボリューム満点だった。

「すみません、全部任せてしまって――」

「僕は手伝っただけです。それより田中さんが作ったスープ、美味しいですよ」

「作った、というほどでは……」

「でも、料理心がないと作れませんよ」

入江は感心した様子で瑳苗を見る。勧められるまま、一は「いただきます」とその白いスープにスプーンを突っ込んで具をすくう。

「ん?」

どうやら、昨日の鍋の残りをアレンジしたものらしい。飲んでみると優しい味だった。

「これ……牛乳?」

「いや、豆乳」

二階の冷蔵庫には必ず豆乳が入っている。牛乳が苦手な一は手をつけなかったが、瑳苗の好物なのだろう。

「へえ……シチューみたいだな」

「牛乳よりもまろやかだから」

「鍋の残りってそのままでも美味しいけど、味が同じだと飽きますもんね。といって、捨てちゃうのもったいないし……」

と言いながら、入江はベーコンエッグに箸をつけた。

瑳苗はよく料理を作るにもかかわらず、冷蔵庫にはあまり食材が入っていない。食べる分だけ買ってきて、二日程度できれいに使い切ってしまう。

そういえば、と一は炊飯釜のことを思い出した。残った飯を炊飯器から茶碗に移し換えた際、瑳苗は飯粒をひとつ残らずこそげ取ったのだ。しゃもじで取り切れない分もスプーンを使ってきれいに取り、その場で食べてしまった。

目の当たりにしたときは「そこまでするか！」と驚いたが、あのファイルを見た後では印象が変わってくる。何もかもが几帳面さの表れなのだ。

それは、単に性格の問題だけではない。食材にしろ、米にしろ、小説にしろ、「作り上げた人間」への限りない感謝の念があるのではないだろうか。

「ところで、さっき何の話をしてたんですか？　グッと来たとか……」

一は入江に尋ねる。ふたりで盛り上がっていたので知りたくなったのだ。

「映画『八甲田山』の話です」

「ああ！　田中に勧められて観たばかりです。怖くて震えましたよ」

すると入江がうなずいた。

ひとりでトイレに行けなくなった失態を瑳苗に暴露される前に、一は自分から言う。

「原作と違うところがあるでしょ？　高倉《たかくら》健さんが――」

「案内の女性に敬礼する場面ですね。あそこは確かにグッと来ましたねえ。『忠臣蔵《ちゅうしんぐら》』の東下《あずまくだ》りみたいで……」

「あっちは完全なフィクションだろう」

水を差すような瑳苗の指摘に一は反論した。

「知ってるよ！　でも、あそこで泣く人は多いんだから、名場面に違いはないだろ。武士は相身互《あいみたが》い――」

大石内蔵助《おおいしくらのすけ》の名セリフの続きを、入江が口にする。

「落ちぶれてこそ、人の情けが身に染みてありがたいもの……僕も大好きです、あれ。ついつい見て泣いちゃうんですよねー」

照れる入江に一は同意する。

「そうそう！」

そこで瑳苗が言った。

「娯楽ですから、そのぐらいやってもいいと思います。『八甲田山』にしても、あの場面が観たいから観る……そういう作品は、多くの人の心に残った証拠です」

「人の心に……」

入江の表情が少し変わったのを、一は見逃さなかった。

「そう……そうですね……」

この一連の流れが偶然なのか、それとも意図的なのかはわからない。いずれにしても瑳苗の言葉は脚本の出来に悩む入江の内部に刺さったらしい。

食事を終え、一は入江を残して瑳苗と共に玄関を出た。冷気が身体を包み込む。

「う……寒っ！」

もう三月半ばとはいえ、朝晩はまだまだ冷える。しかも今朝はいつもより早い時刻だ。同じ感覚で出かけようとした一はぶるっと身体を震わせた。

「ほら」

着替えに戻るのも面倒だな……と思っていると、瑳苗が手にしていたマフラーを差し出した。

「え……い、いいよ。子どもじゃあるまいし……」

「子どもじゃないが、義兄弟だ」

「う……ん。でも、それで言ったらお前が義弟じゃないか」

「俺のほうが体格がいいし、体力もある」

「確かにそうだけど——まあ……いいや、そういうことで」

家族か恋人でもない限り、衣類の貸し借りはありがた迷惑だ。しかし、再度の勧めに一は受け取って首に巻いた。

「お礼は？」

瑳苗が言った。

「はあ？　言う必要なんかないだろ。お前が……頼むから巻いてやったんだ」

「素直じゃないな」

「どっちがだよ」

同僚より親密で、友人より近い。微妙な距離の温もりが一の心を包む。一歩進む度に、くだらない会話を交わす度に身体も寄り添い、距離は狭まっていくように思えた。

これ以上はまずい、と思う。だが瑳苗を意識すればするほどブレーキがかかり、その反動なのか、もっと近づきたくなる。映画祭を催した夜のように、何も考えなければそばへ行けるのに――。

「俺、お前のこと……ちょっと誤解してたかも」

会社の最寄り駅を出たところで、一はマフラーの礼のつもりで言った。

「印象が変わった、と言いたいのか？」

「うん。あ、もちろんいいほうにな」

「どこがどんなふうに？」

「え……」

珍しく追及され、一は戸惑った。他人からどう見られているかなんて、瑳苗には興味ないと思っていたのだ。

答えるのは簡単だが、先に「悪い印象」から説明しなければならず、言いにくい。しかし、瑳苗は促した。

「お義母さんにも言ったが、好かれてないのは知ってる」

「別にそこまでは……俺の勝手な思い込みってのもあるし――」

満足してくれるかと思いきや、瑳苗は黙って続きを待っている。

仕方なく、一は口を開いた。

「初めて会ったのは就職試験の面接だったけど、あのときは……こいつは絶対に合格するなって思った。どんな企業でも真っ先に取りたい奴ってこういう奴なんだろうなって。顔はいいし、頭の回転は速いし、受け答えも気が利いてるし……俺も含めて、一緒にいた連中がみんな焦ってしどろもどろになったのは、お前が完璧だったからだ」

瑳苗が何か言いかけたので、一は遮った。

「わかってる、お前のせいじゃない。だから俺は……嫉妬するより憧れみたいな気持ちになって、また会えたらいいなと思ったんだ」

「会えたじゃないか」

「まあな。でも、会う度に『このぐらいできて当たり前』『そんなこともわからないのか？』みたいなことを言われてヘコんだ。実際、お前は仕事で結果出してるから、やっぱりレベルが違うんだと思ったし……面接のときみたいに妬んだりもした」

一は瑳苗の顔を見る。瑳苗の表情に変化はない。もともとわかりやすく態度に出るタイプではないが、言われて嬉しい内容ではないことは承知しているだけに気になる。

「その先を言ってくれなきゃ、悪い印象のままなんだが」

「あ、そっか。ええと……でも、一緒に住むようになってまだ間もないけど、お前の生活パターンとか行動を間近に見て、俺が思うほど嫌な奴じゃないのかもしれないと思うようになったんだ」

例のファイルを盗み見たことは言えないので、慎重に言葉を選ぶ。

「それから？」

一は廊下で問い詰められたことを思い出した。瑳苗の様子があのときと同じなのだ。のぞき込むように一の目を見据えている。自分の望みが叶えられるまでやめない――そんな傲慢《ごうまん》さがある。だが、それは決して不快なものではなかった。自分の返事を待ち望んでいることがわかり、一は嬉しかった。

「だってお前は――結果を出すだけのことをしてる。入江先生とのやりとりにもそれが表れてた。俺とは心構えが違うっていうか……」

「違うのはアプローチだろう。結果にしても、俺は運がよかっただけだ」

「いや、お前はすごいよ。心から……そう思う」

一は胸が苦しくなった。これじゃまるで愛の告白じゃないか……。

「努力の積み重ねが、今のお前を作ってるんだなって――」

「努力はしてない」

突然、鋭い口調で一の言葉は断たれた。それまで一に向けていた瑳苗の視線がすっと外れる。

「そんなことないだろ」

照れて謙遜《けんそん》しているのかと思い、一はくり返した。これまでもこんなふうに視線を逸らすことがあったからだ。

「お前は努力家だよ」

「やめてくれ！」

一は息を呑む。瑳苗の頬には、見たことのない怒りに似た強張りがあった。

「俺はその言葉が嫌いなんだ」

そう言うなり瑳苗は一を残し、足早に自社ビルの裏口へと向かった。この時間だとまだ正面玄関が開いていないのだ。

「え……？」

一は突然のことに呆然とする。マフラーを掴んでその場に立ち尽くしていたが、瑳苗の姿がビルに消えてようやく我に返った。

「な……なんだよ……」

誰もが嫌いなもの、苦手なものを持っている。しかし誰もがそれを心に押し込め、あるいはコントロールして生きていく。その箍《たが》が外れることは誰にでもあるが、瑳苗は自分の才能を生かし、冷静で何にも左右されずに歩いている男——という印象が強かった分、こんなふうに感情をぶつけられ、一は動揺した。

一緒に暮らす前ならば、反射的に腹を立てるだけだったろう。だが、今は戸惑っていた。傷つけたのではないかという罪悪感が募る。嫌われたかもしれないという不安もある。努力という単語が嫌いな理由を知りたいとも思う。

相手への感情が、単色ではなく複雑な色を帯びていく。同僚だけだった関係に義兄弟という間柄が増え、さらに別の何かに姿を変えようとしている……一の戸惑いは、そんな予感の上に乗っていた。

「何が鬼門かなんて、知るわけねーだろ……バカ」

つぶやきつつ、一は裏口へ向かった。


がらんとした早朝のフロアは予想以上に快適だった。静かだし、電話もかかってこない。一は集中して校正に取り組むことができた。しかし身体が慣れていないせいか、同じ編集部の社員が出社し、会議が始まる十時になると猛烈な眠気に、十一時には早くも空腹に襲われる羽目に陥った。双方を一気に追い払おうと甘いコーヒーをがぶ飲みしたところ、今度は胃がしくしく痛んだ。

十二時を待って外へ出たのだが、どの飲食店も人が列をなしている状態で一は驚いてしまった。

いつも午後一時から二時、ひどいときは三時頃に食事を取ることも少なくないので、「周辺で働いている人間がこんなにいること」を今さら実感する。

仕方なくコンビニへ行ったが、弁当コーナーは見事にすかすか。ふらつきながら社員食堂に向かったのだが、こちらもこちらで満席状態だった。エネルギーが切れて動く気にもなれなかったのでそこで待ち、どうにか席を見つけてランチにありついたが、いかに世間とズレた時間帯で動いていたかを改めて知り、一は軽く落ち込んだ。

自分のペースを見つけ出し、守るのは悪いことではない。しかし、それが単なる「好き勝手」では困る。売れるものを作り出すプロとして「一般的な感覚」は必要不可欠だ。世間とのズレのせいでそれを見失っていなかったか、多くの人間に理解されにくいものを作ってはいないか……生姜《しょうが》焼きを食べながら、己のあり方を少々反省した一だった。

「カジくん、ちょっと……」

食事を終えて編集部に戻ると、副編集長の相馬《そうま》あかねが一を呼んだ。あかねは立ち上がり、そのまま一を会議室へと連れていく。入江のことがバレたのか? と一は緊張する。

「なんでしょう?」

一瞬の間の後、思いもかけない言葉が一の耳を刺した。

「野崎《のざき》先生から連絡があってね……担当を替えてほしいと言うの」

「え……?」

野崎摂子《せつこ》は一が担当する四十代の女性作家だ。幅広い年代の女性読者から支持され、同じ常葉出版のファッション誌でもエッセーを執筆している。本はどれも一定の売り上げを出しており、本人の性格にも作品の質にも波がない。一にとっては安心して仕事を進められる作家のひとりだった。

編集者は教師ではない。一年単位で替わることはなく、長いつきあいの中で作家と信頼関係を築き、作品を共に作り上げていく。そういう意味では パートナーに近い存在だ。

もちろん、担当が替わることもある。編集者は出版社の社員だ。他部署や他の編集部への異動、あるいは退職で担当を離れるケースなど物理的な理由が多い。

そして、相性が悪いという精神的な理由から担当を外れるケースもなくはない。どちらも人間である以上、歩み寄れない相手もいるのだ。

作家との相性が理由で担当を降りた編集者を一は何人か見てきた。他の作家とは上手く関係を築いており、能力のある人間がほとんどだったので、これぱかりは仕方ないんだなと思っていた。

しかし、実際に自分の身に起きてみると、一も冷静ではいられなかった。ショックで頭の中が真っ白になる。

「あ、あの……」

「あなたが悪いんじゃないの」

あかねは微笑んだ。

「野崎先生は……男性編集者が苦手なのよ。他社の担当は全員女性なんですって」

「うちでの執筆が決まったとき、その話は伺っていたの。でも、私はあなたの感性に期待していたし、あなたには一緒にいる人間を安心させてくれるようなところがあるから……野崎先生との間にいい化学反応が起きて、新しい作品を生み出せるんじゃないかと思ったのよ。うちでしか書けない作品をね」

「は……あ……」

誉められ、一は少し落ち着いた。

「……ありがとうございます」

「そして、実際に上手くいったと思ってる。先生もそれは認めているわ。でも——やっぱり無意識のうちにストレスが溜まっていたらしいのね。それで……どうしても我慢できなくなる前に、いい関係のままで担当を替えてほしいと言ってきたの」

「そうですか……すみません、気づきませんでした」

「彼女は大人だから、そういう部分は見せないわ。それで余計に負担をかけてしまったのね」

野崎とは一が新人時代からのつきあいだった。仕事を通し、社会人としての常識や編集者としての姿勢を教えられた部分も多い。言ってみれば一にとって姉のような存在だったのだ。だが——。

「どこかで、先生に甘えていたのかもしれません……」

己を省みる一に、あかねは「違う」と強く言った。

「あなたに非はないわ。そして、彼女にも非はない。これは私の責任。あなたにも先生にも辛い思いをさせて申し訳なかったわ。ごめんなさいね」

「いえ……寂しいですけど、先生がそのほうがいいと仰るなら――」

「あなたに申し訳ないってくり返してた。それは信じてあげて。私があなたの力に期待していることも」

「はい」

あかねはその場で野崎に電話をかけ、一につないだ。

受話器の向こうで野崎は涙ながらに一に謝罪した。そしてそれ以上に感謝の言葉を口にし、あなたはいい編集者だから、これからもがんばってほしいと言ってくれたのだった。


その夜、一は外で酒を飲んでから帰宅した。

「おかえり」

玄関で靴を脱いでいると瑳苗が部屋から出てきた。

「ただいま。悪い、起こしたか……?」

入江には先に電話で明日の映画会社との打ちあわせ時刻等を確認し、遅くなるので先に休んでほしいと伝えてあった。

「いや……入江先生の脚本の話をしようと思って、起きていた」

「あー、そうか……すまん、忘れてた。先生に電話はしたのに……」

「飲んでるのか?」

「ちょっとだから、問題ない。あ、そうだ、これ——」

一は瑳苗に借りたマフラーを首から外した。瑳苗が普通に話しかけてきたので、今朝のことには触れずに返そうと差し出す。

「ありがとう。一枚あると全然違うな」

「持ってろ」

「え、でも……」

「いいから。それより、どこでやる?」

そのとき、廊下奥の扉が一の目に入った。

「屋上で酔いを醒《さ》ましながら……がいいな」

「お前は暖まってるからいいだろうが、俺は寒い」

「そうか……そうだな。じゃあ——」

「ブランケットを持って、先に行ってろ。ウイスキーを用意するから」

瑳苗はそっけなく言い捨て、キッチンへ消えた。

一はジャケットを脱ぐのをやめ、マフラーを巻き直した。手にしていた鞄をブランケットに持ち替え、屋上へ向かう。

　木製のベンチにブランケットを敷き、腰を下ろして空を仰いだ。月のきれいな晩だったが、星はほとんど見えない。

「ここで天体観測したんだろ？」

　ウイスキーボトルと携帯魔法瓶を手に、ダウンジャケットを羽織ってやってきた瑳苗に尋ねる。

「……待ってろ」

　ため息交じりにウイスキーと魔法瓶をベンチに置き、瑳苗は隅にある物置から望遠鏡を出してくれた。調節してもらい、一はレンズをのぞき込む。

「うわー……」

　自然の多い土地の澄んだ夜空のように、降るほどの……とまでは行かないものの、肉眼では見えない星々のきらめきが見えた。

「まあまあの出来じゃないか」

　魔法瓶に備え付けのコップに湯とウイスキーを注ぎ、瑳苗が言った。

「脚本のこと？」

　望遠鏡から離れ、一は瑳苗の顔を見た。

「ああ。入江作品のカラーは損ねていないし、物語のエッセンスもきちんと抽出している。キャスティング次第で雰囲気は変わるだろうが、力のある俳優なら上手くこなすだろう」

瑳苗はホットウイスキーを一口、二口飲み、一に手渡す。一はコップを両手で包み、言った。

「原作にサナエって女が出てくるだろ？　先生は、彼女を消されたことが引っかかってるらしい」

「確かにサナエは大した役じゃないが、作品のポイントではあるな。だが、あくまでも原作小説の中の話で、この脚本が成す物語にサナエは必要ない」

瑳苗とサナエ——偶然だが、同じ名前であることに気づき、一は少しおかしくなった。

「……俺もそう思った。それをお前に聞きたかったんだ」

「そつなくまとめてあった——というより、あれが限界だな」

瑳苗は長い脚を組む。

「前にも言ったが、あの話は映像化に向いていない。原作に忠実に作ろうとすると無理が生じる。サナエを残したいなら思い切って彼女をクローズアップして、ストーリーの流れやエピソードを大胆に変える……ぐらいの決断でもしない限り、先生は納得しないだろう」

「うん……」

うつむき、一はウイスキーをすすった。

「そうして傑作になった映画は沢山ある。『こんなのは自分の話じゃない』と苦々しく文句を言う作者もいれば、『これはこれで素晴らしい』と割り切って称賛する作者もいる。どっちへ転ぶかは仕上がるまではわからん。ただ、脚本の時点で疑問が生じた作品が、いい映画になるとは俺には思えない」

「先生が納得できないなら断ったほうがいいってことだよな」

「それ以上、飲むな」と瑳苗は一の手からコップを奪った。

「お前はお前の正直な意見を言えばいい。最後は本人の判断に委ねるしかない。その上で——お前だけは先生の味方になってやれ」

ふっと野崎摂子のことが頭に浮かび、一は強い口調で言っていた。

「俺はいつだって味方だ！　上手く伝わらなかったかもしれないが……」

「そういう意味じゃない」

瑳苗はコップをベンチに置き、夜空を見上げた。

「俺たちは編集者である前に、常葉出版という会社の社員なんだ。味方になるとはいっても生活の保障まではできない。これなら売れると方向性を示して、売れなくても俺たちは月給がもらえる。作家はいつもひとりだ。星屑の下で、ひとりで立っている」

「それは……わかってるよ……」

そうつぶやいたが、本当だろうか？　と一は自問する。

「誤解するな、罪悪感を抱いて仕事しろと言ってるわけじゃない」

瑳苗は新しいホットウイスキーを作った。湯気が白く立ち上る。

「お前は……いつも自信満々だな」

一は言った。嫌味ではなかった。羨ましかったのだ。

「自信なんかない」

「嘘つけ。そんなふうには――」

「見えなくてもない。俺は自分にできることをやってるだけだ」

やっぱり努力家じゃないか、と言おうとしてやめた。せっかく脚本を読んで意見を言ってくれたのだ。機嫌を損ねる必要はない。

「でも……編集の才能はある」

「他の仕事をしたことがないんだから、比較はできない」

ああ言えばこう言う――一はため息をついた。

「なんでそうなんだよ……お前も素直に嬉しいとか言えよ」

「思ってもいないのにか？　確かに小説や映画は好きだ。でも、たまたま出版社に入社して、たまたま編集者になっただけだ。なったからにはやれるだけのことをやるしかないだろう」

瑳苗の言葉に一は仰天した。

「え……たまたま？　お前――編集者になりたい奴ってとんでもなく多いんだぞ？　なのに、たまたま……って……」

「どんな理由で就職活動しようが自由だろう。それに入社を決めたのは俺じゃないし、編集部配属にしたのも俺じゃない」

「そうだけど……なんだよ、それ。しかも結果出してるし、お前に担当になってほしいって言ってる作家がどれだけいると思ってんだ……」

「担当を替えてほしいと言う作家もいるぞ」

自分の担当替え以上に一は驚いた。

「……マジで？」

「ああ。実際、何人か替わってる」

瑳苗は肩をすくめた。

「え……でも……」

「お前がどこで何を聞いたのか知らんが、調べればわかることだ。当の俺が見栄を張ってどんなメリットがあるんだ？」

「それは、まあ……」

俺だったら知られたくないし、見栄を張りたくもなる、と一は思った。特に——相手がお前なら。

「俺……今日、野崎摂子の担当を外れたんだ」

一は昼間の出来事を瑳苗に打ち明けた。あかねの説明、野崎の言葉を包み隠さずに。

「なるほど、それで飲んできたわけか」

「……うん」

「相馬さんの言うとおりだな。お前は悪くない」

「わかってる。でも……」

もう飲むなと言ったくせに、瑳苗はコップを差し出した。

「良かったじゃないか」

「……何がだよ」

また皮肉を言うつもりかと身構えていると、瑳苗は意外なことを言った。

「担当を替えてくれというのは、今後もうちで仕事をしたいという意味だ。本気で嫌になったのなら、うちの仕事ごと切ればいい。あの人は売れっ子だ。うちの仕事を切っても困らない。でもそうしなかった」

「あ……」

「お前に謝ったのは、お前の仕事ぶりを認めてるからだ。お前がいる『マリウス』の仕事を続けたいから、担当替えを申し出たんだ」

そこで言葉を切り、瑳苗は天を指差した。

「敵に変わるかもしれない幾千万の星に向かって勇気を振り絞り、彼女は言いづらいことを言った。お前が味方だとわかっていたからだ」

それを聞いた瞬間、一の目から涙があふれ出した。

「え……あれ？」

確かにショックだったが、悲しいとは思わなかったし、辛いとも思わなかった。我慢しているという意識すらなかった。なのに、どうして——。

身体の反応に心が戸惑う。

すると、瑳苗がさりげなく背中を向けた。見ないようにという配慮だった。

一は突然の涙の理由に気づいた。悲しいせいじゃない。辛いからでもない。嬉しいのだ、と。

真正面から誉めたたえるのではなく、作家を通して、仕事を通して認められた——それが嬉しかった。担当替えはショッキングな出来事だが、おかげで見えたこともある。他の誰でもない、それを瑳苗に教えられたのが嬉しかったのだ。

「ちょっと……背中、貸せ」

一は返事を待たず、瑳苗の背中に遠慮気味に額を押しつけた。涙がぽたぽたとダウンジャケットに落ちる。

瑳苗の手が一の手首を取り、自分の前側へと回した。

「う……」

一は瑳苗の身体を抱きしめ、今度はしっかりと背中にしがみついた。そこは記憶の中にある父のそれよりも広く、温かく、頼もしい。

この背中を独占したい、と一は思った。

そっけない態度も皮肉めいた言葉も不遜に思える信念も……全部、独占したい。首筋に残した痕の訳を、廊下で問い詰めた真意を知りたい。

そして、俺だけを見つめてほしい。同僚でもなく、友人でも兄弟でもない、もっと特別なまなざ

して——。

一はパッと離れた。無意識状態で心に浮かび上がった願いが正常ではない、と気づいたのだ。

信頼を築きたいと思うのは自然だ。だが、俺は今、同僚、兄弟、友人の先に明らかに恋愛関係を思い浮かべた。ゲイならともかく、ヘテロなのにそんなふうに思うものか？ しかもごく自然に……いや、ありえない。

「すまん……悪酔いした」

数分後、一はわざとらしい言い訳をしながら瑳苗から離れた。心の中ではアルコールのせいだ、気持ちが弱っていたせいだ、星空のせいだと自分に言い訳をする。

「俺、親父の背中が好きでさ。身体がでかい人だったから、よく抱きついて……後ろから背中を抱きしめられるのも好きだったな」

じっとしていられず、ベンチから腰を上げた。瑳苗も倣う。

「でかいって、どれぐらい？」

「死んだのは小学生のときだから、ものすごく大きく見えたけど……多分、お前ぐらいじゃないかと思う」

顔の向こうに月が輝き、瑳苗の表情を隠す。一は恋愛の部分をその影に押し込んだ。その代わり、それ以外の気持ちを口にする。

「脚本のこと、ありがとう。思ったことを正直に先生に伝える。冷えてきたから、そろそろ——」

背中を向けた次の瞬間、後ろから抱きしめられていた。

「え……」

「俺が親父さんの代わりに背中を貸す。こうして抱きしめてやる。お前は……同期で兄貴だけど、俺は――」

「な……何……？」

「もう、わかってるんだろう？」

心臓が激しく鳴る。隠した部分を引き出され、突きつけられた気分だった。

同性愛者を非難するつもりはみじんもない。そういう人間もいるが、自分は違う――それだけのことだと思っていた。自分の中にそんな要素があると疑ったことすらない。

でも――胸の甘い鼓動は鳴りやまない……。

「気づいてないなんて言わせない」

低い声が強引な抱擁に重なり、一は不安になった。背中で泣いていたときの願いがすべて伝わってしまったのか、と。しかし、その不安はすぐに喜びへと姿を変えそうになる。

瑳苗から逃げなければ――いや、自分の心から……。

一の身体は火照《ほて》るのを通り越し、一気に蕩《とろ》けてしまいそうになる。

「瑳苗……」

あえぐようにつぶやくと、瑳苗の腕にさらに力が入った。

「俺は、ずっと――」

切なげな声を着信音が遮った。瑳苗の携帯電話だった。

緩んだ腕を逃れ、一はぎこちなく後ずさる。

「……はい、田中です……お世話になっております――」

声の様子から、すぐに担当作家からだとわかった。一はブランケットを手にする。すると、引き止めるかのように瑳苗が相手に向かって言った。

「先生、一旦切って、こちらからかけ直します」

待ってくれという瑳苗の視線を受け、一はその場に留まる。

「はい……失礼します」

瑳苗が通話を切った。ところが今度は一の携帯が鳴った。慌てて画面を見る。

「……入江先生だ」

瑳苗が小さく舌打ちをした。一は構わず出る。

「先生、鍛治舎です」

『あ、すみません。今、どこですか？』

「あー、えーと……屋上です。ちょっとぼんやりしてました」

『ああ、帰ってらしたんですね。気づかなかった……お疲れさまです』

「先生こそ……東京観光はいかがでしたか？」

弾むような入江の声が一の耳を打った。

『もう、すっごく楽しかったです！　それでね、新しい話のアイデアを思いついたんです。こんな時間に申し訳ないんですけど、聞いてもらえますか？』

「もちろんですよ。今、伺います」

一は携帯電話を折り畳む。

「ごめん、仕事の話をしたいって」

こういうタイミングを逃してはならない。編集者だからこそわかるはず……と思い、一は言う。

「行けよ。俺も電話しなきゃならないから」

予想どおり、瑳苗はうなずいた。

「うん。あの……何か話したいことがあるなら……明日とか……」

「明日は無理だ」

大学時代の友人の家に不幸があり、通夜に出席するらしい。遠方なので現地に一泊し、明後日はそこから出社するという。

「先生は日曜から、友達の家へ行くんだったな」

「うん、そう聞いてる」

「俺、土曜は披露宴が入ってるんだ」

「通夜に結婚式か。忙しいな」

「ああ。だから、続きは日曜に――」

念を押すかのように、瑳苗の強い視線が一を貫いた。

「うん……」

「必ずだぞ」

「わかった。お……おやすみ」

一はブランケットを抱え、足早に階段を下りる。

耳をそばだてたが、瑳苗の足音はついてこなかった。それに安堵し、それ以上に一は落胆した。

なぜだかすーっと背中が冷たくなっていった。

7

翌日の晩、一は珍しく家にひとりきりだった。瑳苗は予定どおり通夜へ、入江は東京在中の作家の友人が企画してくれた飲み会に参加していた。

映画会社との打ちあわせでは、入江は自分の意見を率直に伝えた。プロデューサー、監督以下、「できるだけ先生の意向を活かす方向」で三稿脚本を上げると約束してくれたが、マイナーチェンジで済まずに根底から見直し……となると、なかなか難しいかもしれないと一は見ていた。

それは入江も感じているらしい。映画化の話が来た当初は嬉しそうだった入江が、脚本を読む度に元気を失っていくさまが気がかりだった。

瑳苗のアドバイスどおり、味方でいたいと一は思う。しかし、言葉にするだけなら簡単だ。それをどう行動に移すか。

悩ましい問題だと思いながらぼんやりしていると、旅行中の勝行から家に電話がかかってきた。宿泊先のホテルからだという。

「ああ、お義父さん……どうですか、旅は」

『おかげさまで順調だよ』

すぐに母の俊江に代わった。

『もう、すっごく楽しいの』

「良かったじゃないか」

少女のようにはしゃいだ声に、一も嬉しくなる。

『帰りたくないぐらい！』

俊江はサプライズやハプニングも含め、船上で起きた様々な出来事をまくしたてた。この旅で勝行との絆がさらに深まったことは間違いない。

「あー、ご馳走さま。いいよ、戻ってこなくて。こっちはこっちで気ままにやってるから」

『瑳苗さんに迷惑かけてない？』

一はドキッとする。親しくなれたのは自分と瑳苗も同じだと思ったからだ。同居に目くじらを立てていたのが、嘘のようである。

「うん、大丈夫だよ」

そこで母はトイレに行ってしまい、再び勝行が通話口に出た。

「あんなに楽しそうな母は初めてです。ありがとうございます」

『いや、私も年甲斐もなく楽しんでいるよ。そっちはどうかな。瑳苗は迷惑かけていないかね？』

「迷惑どころか――」

一は暖炉のある居間で過ごしたこと、望遠鏡を見せてもらったことなどを話す。

「いきなり兄弟……は無理ですが、仕事の相談にも乗ってもらったりして、助かってます」

『そうか、それは良かった。同僚の話はおろか、同世代の友人の話など滅多にしないあの子が、君のことはずいぶん誉めていたからね……親子共々、親しい関係になれて感謝しているよ』

「俺を誉めていた……んですか？」

旅先からの電話だということも忘れ、一は問い返す。

誉められて嫌な気分になる人間はいない。自分だけでなく、家族まで誉められれば喜びも倍になる。しかし、瑳苗の口からそれを聞いたのは昨夜が初めてだった。

すると勝行は言いにくそうに切り出した。

『実は――ここだけの話なんだがね。君が俊江さんの息子だということは、すぐにわかったんだよ』

「え？」

瑳苗は腕が長く、既製のシャツやジャケットではサイズが合わないので、よく売り場に足を運んでいた。そこで「鍛治舎」という珍しい名前に目を止め、すぐに調べて一との関係をつき止めたらしい。

そして瑳苗は俊江と一のことを勝行に話し、一緒に服を作ろうと誘った。

『俊江さんが君のお母さんだからこそ、瑳苗は私に紹介したんじゃないか……と私は思っている。

親子の好みは似ているというから、あの子が君に好意を抱いたように、私が俊江さんを見初めるとわかっていたんじゃないかな。俊江さんも君も、瑳苗から聞いていたとおりの人物だったし……』

「はあ……」

一は照れくさそうな勝行の言葉ではなく、勝行が語る瑳苗の言動に動揺していた。

越してきてからのやりとりや入江との会話を通じ、思うほどには瑳苗は嫌味な皮肉屋ではなく、素直な面も持ち合わせていることを知った。

瑳苗への先入観が以前のまま、先に互いの親の交際を聞いていたら、俺はきっと反対しただろう、と一は思った。それを避けるために――というのは、瑳苗自身も会食の席でも言っていた。辻褄は合っている。

だが、一は何か釈然としないものを感じていた。なぜ、勝行と俊江のことを隠していたのか。いやそれよりも、なぜ自らキューピッド役として行動したのか。

『あの子はいい歳をして、いまだに小学生みたいなところがある。私の育て方が悪くて……』

勝行の申し訳なさそうな声に、一は慌てて否定する。

「いやいや、そんなことはありませんよ。まあ確かに冷たくて意地悪で、何を考えてるのかわからなかったりしますけど……」

しまった、と思ったときはもう遅かった。まるでフォローになっていない。

「そんなことを忘れるぐらい男前だし、仕事はできるし、料理もできるし……すごい男です！」

『そうかねえ……』

わざとらしかったのか、勝行はあいまいに言葉を濁す。一はたたみかけた。

「何より、努力家だと思います」

『あ、一くん、それなんだが――』

「あ、わかってます。苦手なんですよね、この単語。彼の前では使いません」

勝行は少し間を置き、こう言った。

『実は……努力というのは、あれの母親の口癖だったんだよ』

「……ああ……なるほど」

『その言葉そのものはいいものだと思うし、瑳苗もわかっている。ただ、あの子にとっては少々特別な意味を持つんだ』

「そうだったんですか……」

人は誰もがそういう「何か」を胸の奥に抱えている。大切だからこそしまい込む場合もあれば、触れられたくないがゆえに隠してしまう場合もある。ちょうど、今の一の瑳苗への感情のように。

「失礼ですけど……お母さんとはずっと会っていないと聞きました。本当ですか？」

『本当だ。私は定期的に連絡を取っているがね』

十年ほど前に再婚し、現在は海外に住んでいると勝行は言った。

『瑳苗は、前妻に会うのは私に申し訳ないという気持ちがあるらしい。私は、会いたいならいつでも連絡を取ると言ってきたんだが……』

冷たい言葉を口にする人間が本当に冷たいとは限らない。筋を通すため、自分以外の誰かのため、悪役になる人間もいる。

瑳苗もそうだ。誤解を受けやすいが、性根は冷たい男ではない。いや、むしろ――。

「彼は……情熱的で芯の強い男ですからね」

再び勝行は沈黙する。どうしたのだろうと思っていると、感嘆の沈黙だった。

『君が女性だったら……いや、どちらかの性別が違っていたら、私たちのようになったかもしれないな。そう思うと少し残念だ』

「は？」

『兄弟以上に親しくなれたんじゃないかと思ってね』

「え……」

一は思わず笑ってしまった。

「そんな……兄弟になっただけでも、彼はありがた迷惑でしょう」

「そういうことを面と向かって言えるような子じゃないんだ。その代わり、行動で示す」

（もう、わかってるんだろう？　気づいてないなんて言わせない。俺は、ずっと――）

昨夜の瑳苗の言動がよみがえり、一の顔から笑みが消える。

「まさか……」

『まあ、今のはあくまでも父親である私の想像だがね。俊江さんと君が素晴らしい人間だということは間違いない』

ありがとうございます、と答え、一はさりげなく確認する。

「あの……俺が女だったら、本当にお義父さんと母のようになった……と思いますか？」

『ありえないことじゃないと思うね』

一の問いをどう勘違いしたのか、勝行は突然笑いだした。

『ああ、妙な心配は無用だ。あの子の恋人には何度か会ったが、みんな女の子だった。例え話だよ！』

「あ、はい、もちろん……わかってます」

勝行に合わせて笑いながら一は思った。あの言動——例え話どころか、どう考えてもそのつもりじゃないか！

でも……お前はゲイなのか？　なんて聞いたこともなかった。感情や欲求が先で、自分がそうなのかもしれないということにすら想像が及ばなかった。距離が狭まっていくのが嬉しくて、信頼されているのが、認められているのが誇らしくて、今の自分の感情が何なのか、はっきり意識していなかった。

あいつがゲイかどうかを確認する前に、自分の感情ばかりが高まって……俺って、バカ過ぎる——。

『私にも経験があるが、同僚と友人になるのはなかなか難しい。仕事ができるからといって、人づきあいが上手いとは限らないし……好敵手というように、ライバルでいたほうが互いに成長できる場合もある』

「そうですね……」

『そのすべてを一くんに求めるのは贅沢だとわかっているんだが……瑳苗にとってそういう存在でいてもらえたら、こんなにありがたいことはないよ』

背後から俊江の声が聞こえてきた。ほぼ同時に携帯電話が鳴った。瑳苗からだった。

一は勝行との会話を終わらせ、携帯電話に出た。

『俺だ』

勝行との話の直後なだけに、一は瑳苗の声にドギマギした。

「ああ……今、お義父さんから電話があった」

『そうか』

「焼香は？」

時刻を見ると、弔問の時間帯はとうに過ぎている。

『済んだ。久しぶりに大学の連中が集まったから、外で飲んでる』

「ああ、なるほど。それで……何？」

『いや……なんとなく、かけてみただけだ』

大人の男が大人の男に「理由もなく」電話などかけるはずがない。昨日の今日だからかけてきた、としか思えなかった。

「そっか……」

物理的な距離と心の距離が微妙な間を作る。嬉しいのに、「恋人はみんな女の子」という事実が手放しの喜びに水を差す。

何を言えばいいのかわからなかった。特に話さなければならない緊急の用事もないが、電話を切るつもりもない。それはお互いに感じている。電話の向こうに相手がいて、相手のことを考えている。つながっていることを確かめたいのだ。

手探りで相手の心に触れ、恋愛が形になり始めたときのくすぐったい感覚――この感覚に包まれるのはずいぶん久しぶりだと一は思った。

友情がいつしか恋愛感情に――というのが一の恋愛パターンだった。出会った頃は苦手だったのに、知れば知るほど惹かれていき……というのもある意味、瑳苗との関係に似ている。

一方、勝行と瑳苗親子の行動パターンを推測するに、ひと目で惹かれ……という感じだろうか。

「あの……」

切ない沈黙に耐え切れず、一は口を開く。

突然、女性の声が割り込んできた。

『瑳苗、お店移動するって。行くでしょう?』

瑳苗が答える。

『いや、俺はもうホテルへ戻る。明日、早いから——』

『じゃあ、みんなで田中くんのホテルへ行って飲もうよ』

別の女性が言った。

『あ、もしかして彼女さん？』

『こんばんはー、彼氏借りてまーす』

酔っているらしく、複数の女性の楽しげな声が交錯する。

『誰？』

『瑳苗の彼女だって』

『違う、そんなんじゃない。ただの同僚だ』

瑳苗が遮る。

『またまたあ』

『違う——おい、背中にしがみつくな』

カッとなり、一は反射的に通話を切ってしまった。その背中は俺のものだ！　という思いが胸いっぱいに弾けたのだ。

すぐにかけ直してくるかと思ったが、五分経っても十分経っても、携帯電話は鳴らなかった。

何をやってるんだ、と一は自分に問う。

同性相手の恋なんて、これっぽっちも考えていなかった。まして相手がこいつなんて——その可能性に戸惑い、過度な友情だ、憧れの兄弟関係に変な期待をしているだけだと言い訳するより先に、恋愛の距離に接近してしまった。

見方を変えれば、これこそ恋愛のあるべき姿なんじゃないか——とも思う。中学生や高校生の頃に体験した、好きになった理由も、未来の不安や周囲の視線も後回しの純粋なエッセンスに近い。

親はどう思う？　世間は？　妻子を得て家庭を築くというごく一般的な男の夢は？　そもそも男同士って、どうやって恋愛するんだ。男女と同じなのか？

冷静に考えれば、二の足を踏む要素は山とある。しかし、欲望と感情が先走って理性を吹き飛ばそうとする。入江や他の誰かが間に入ってくるとボルテージが上がってしまう。三十を目前に、これから先の恋愛は結婚を視野に入れたものにしなければ、と冷静に考えていたはずなのに……。

「ただいま戻りました」

帰宅した入江がドアをノックした。一は笑顔を繕う。

「ああ、おかえりなさい。どうでした、飲み会は？」

ドアの向こうには、顔を上気させた入江が立っていた。

「はい、楽しかったです。初対面の作家さんもいて、勉強になりました。半分は仕事のグチでしたけどね」

「発散できれば、なんでもアリですよ」

少し元気になったらしく、一は安堵した。

「でも、僕は恵まれてるんだなーと思いました。担当さんと気が合わないって人もいたけど、僕は鍛治舎さんによくしてもらってるし……」

「先生は我が社にとって大切な存在ですから」

一は言った。言わずもがなの社交辞令しか言えない自分が不甲斐なかった。

＊＊＊＊

その週の残り、一と瑳苗は会社でも家でもすれ違い続けた。瑳苗は休みの分を取り返すべく残業し、一は雑誌の校了作業に追われて印刷所へ足を運ぶなどしていたからだ。

忙しいのはいつものことで、それ自体は特に苦ではない。月刊誌の編集部ではほぼ毎月同じ、決まっている流れだ。しかしこの一、二週間で密な時間を共にし、瑳苗と急速に親しくなった一にとって、たった数日の「近くにいるのに話もできない」という状況は意外なくらい堪えた。

メールをするほどの話はないし、ベタベタしたいわけでもない。以前のような口喧嘩程度でいいのに……そんな気持ちで社内で瑳苗の姿を探す自分が、思春期の乙女のようで疎ましかった。

これで仕事でミスでもしようものなら、自分に愛想を尽かしそうである。好敵手は互いを成長させるという勝行の言葉を思い出し、一は業務に励んだ。

そして土曜。瑳苗は披露宴に出席するため朝から出かけ、一はやり残した仕事を片づけるために午前中だけ出社した。入江は「午後いっぱいかけて古書店巡りをしたい」というので外で待ちあわせて昼食を共にし、その場で別れた。

帰宅した一は掃除や洗濯などをこなし、たまには……と自分で夕飯を作ることにした。

入江は明日、友人の家へ移る。この家で過ごすのは今夜までだ。瑳苗は「二次会にも出るかもしれない」と言っていたので、ふたりで過ごすつもりだった。メニューは得意のパエリアに決め、一は準備を始めた。

母からメールが届いたのは、材料の下ごしらえがすべて整った頃だった。メールなど滅多に寄こさないので何事かと慌てて開き、文面を目にした一は思わず涙ぐんでしまった。

【昨日、お父さんが夢枕に立ちました。にこにこ笑いながら、良かったな、今までご苦労さまと言ってくれました。あなたのことも、立派にがんばっているねと喜んでいましたよ】

すぐに「また会ったら、こっちにも来るように言っておいて」と返信メールを打ちながら、一は瑳苗の母親のことを考えた。

どんな理由で両親が離婚したのかはわからない。だが、非難も感謝も伝えられるのは生きている間だけだ。

もしも勝行の「親しくなるために親同士を会わせた」という推測が真実ならば、俺もあいつにもっと言いたいことを言ってもいいのではないだろうか。家族だから遠慮することもあるが、家族にしか言えないこともある。

瑳苗に苦手意識を抱いていたとき、反論が面倒で一は距離を置いていた。

今は違う。瑳苗への信頼や尊敬がしっかりと根付きつつある。だからこそ、一はありのままの自分でぶつかりたいと思い始めていた。

俺はお前の味方だ。俺はお前をもっと知りたいし、力になりたい。助けを求められるまでは何もしないという人間もいるが、自分は違う。

それを伝えよう——一は心に決めた。

引き出物を抱えた礼服の瑳苗が帰宅したのは夕刻だった。入江もすでに帰宅し、部屋で荷物をまとめている。

「おかえり」

「ただいま」

「どうだった?」

「いい式だった。これ、羊羹《ようかん》みたいだから……」

瑳苗が引き出物の袋から長方形の箱を取り出す。

「ああ、サンキュー。食後に出そう。入江先生は今日までだし、パエリアでもどうかと思って……」

「お前の手作りか？」

一はうなずいた。

「腕はお前ほどじゃないけどな」

「美味そうだ」

玄関先でのこんなやりとりもごく自然になってしまった。その反面、知らないこと、知りたいことも増えた。

「あのさ、ちょっと話があるんだけど……ふたりだけで。疲れてるなら、明日でも——」

「構わない」

一の言葉をどう受け取ったのか、瑳苗は即答した。それを受け、一は一階の居間へ瑳苗を誘う。

「この間、お義父さんから電話があったって話しただろ？」

「ああ」

瑳苗はソファに腰を下ろすと白いネクタイを緩めた。一は隣に座る。

「お前のお母さんのこと、聞いた」

ネクタイにかかっていた瑳苗の手が止まった。表情が硬くなる。

「俺のおふくろとお義父さんが結婚したこと、きちんと報告したほうがいいんじゃないかな」

「親父から連絡が行ってるはずだ」

一のほうを見ようとせず、瑳苗は冷たく言い放った。

「そうじゃなくてさ……会うのが無理でもせめて、お前の口から言うべきじゃないかと思うんだ。余計なお世話だと思――」

「余計なお世話だ」

話しあう価値などない、とばかりに瑳苗は立ち上がる。一は引き下がらなかった。

「そうだ、わかってる。でも俺は……お前の義兄だから言う。お母さんに関係した話が出るとお前はいつものお前じゃなくなる。俺はお前が心配だし、お前の――」

味方でいたいから――と言う前に、瑳苗は鼻で笑った。

「ああ……何が言いたいかわかった。死んだら会うことも伝えることもできなくなる、だから今のうちに――ってことだろう？　お前とお前の父親の関係に俺を重ね合わせるな」

一は反射的に瑳苗の頬をひっぱたいていた。他のことなら許せても、それだけは聞き逃せなかったのだ。

瑳苗の唇が切れ、白いネクタイに鮮血が滴る。次の瞬間、一の身体は宙に浮き、ソファに押し倒されていた。

「な……っ——」

何が起こったのか気づき、瑳苗を押しのけようとしたときにはもう遅かった。体重をかけてのしかかられ、強い力で両腕を固定され、一は瑳苗を見上げた。

「何するんだ、放せ！」

「お前は兄貴なんかじゃない。そんなつもりは最初からなかった」

瑳苗の手が一のセーター、その下のTシャツをまくり上げる。

「もっと早く……こうしてればよかった——」

「瑳苗、やめ……ろ……っ——」

素肌が露《あらわ》になる感覚に、一は戦《おのの》いた。腕を払いのけようとするが、仰向けの体勢は圧倒的に不利だった。むき出しになった乳首に触れられ、ビクッと震える。

「……あっ……あ——」

こんなことは望んでない、と一は思った。

瑳苗もそうに違いない。頭に血が上っているだけだ。どうしよう、なんとかなだめなければ、逃げなければ——。

ジーンズのボタンに瑳苗の手がかかる。一は咄嗟に叫んでいた。

「入江先生がいるんだぞ！」

瑳苗の動きが止まる。現実に引き戻されたのだろう、顔や全身から力が抜けたのがわかった。刺激しないよう、一は黙って待つ。

数秒後、瑳苗が一の上から降りた。呆然とした様子で床に座り込む。

一はゆっくり身体を起こし、まくれ上がったセーターを直した。そして瑳苗をその場に残したまま、居間を出た。

二階への外階段を上る途中で手が震えていることに気づき、一は深い息を漏らした。

その日、瑳苗は部屋から出てこようとしなかった。結局、パエリアは入江とふたりだけで食べた。

＊＊＊＊＊

翌日の午前中、一は友人宅へ行く入江を駅まで送り、そのまま外で昼食を取った。

帰宅すると、玄関前をうろうろしている女性がいる。ふくよかで、母ぐらいの年齢だろうか。

「何かご用ですか？」

声をかけた一を見て、女性は少し不思議そうな表情になった。

「あの、田中さんは……？」

「旅に出ています。失礼ですが——」

「昔、こちらで働いていた斎藤《さいとう》と申します」

一はすぐに彼女がかつての家政婦、斎藤比佐子《ひさこ》だと気づいた。

「ああ、お話は伺っています」

自己紹介すると、比佐子もすぐにわかって笑顔になってくれた。

「先日いただいた白菜の漬物、すごく美味かったです」

「まあ、あんなもので喜んでいただけるなんて嬉しいわ。今日もこっちへ遊びにきたもんですから、ちょっと寄ってみただけなんですけどね——」

と言って比佐子が袋から出したのは、さつま揚げだった。今住んでいる町の商店街の名物らしい。

「お洒落なお菓子じゃなくて申し訳ないんですけど……」

「とんでもない！　大好物です。おかずにもできるし、酒の肴《さかな》にもいいですよね。ありがとうございます。ちょっと待ってください、瑳苗を呼んできます」

と二階へ上がったが、瑳苗は不在だった。それを告げると比佐子は「すぐ帰る」と言ったのだが、一は「お茶でも」と引き止めた。彼女なら、瑳苗の母親について詳しく知っているのではないかと思ったのだ。

「ご結婚おめでとうございます。旦那様からお電話をいただいて、まあほんとに良かった！　と娘と大喜びしたんですよ」

二階のダイニングへ通してコーヒーを振る舞うと、比佐子は嬉しそうに言った。

「ありがとうございます」

「瑳苗さんと同じ会社にお勤めなんですって？」

「ええ」

「ご縁ってあるものなんですねえ……」

それから一は自分と母のプロフィールに触れつつ、比佐子の身の上をさりげなく聞き、親しくなることに成功した。

「じゃあ、彼を小さい頃からご存じなんですね？」

「ええ、奥様が——瑳苗さんのお母さんがいらした頃から働かせていただいてました。その頃は坊ちゃんと呼んでましたけど、利発なお子さんでしたよ」

「今もそうですよ。同期の中では断トツの出世頭です。有名作家の信頼も篤いし……爪の垢《あか》でももらいたいぐらいです。というのは冗談で——」

自分の子どもを誉められたような気になったのだろう、比佐子は嬉しそうだ。しかし、急に顔色が変わった。一が続けてこう言ったからだ。

「彼は才能がある上に努力家なので、見習いたいです」

「あの……努力という言葉はお好きじゃないんですよ」

一は「どうして？」とばかりに首を傾げて見せた。

「そういえば、前にもそんなふうに言ってたなあ。誉めたつもりだったんですけど……珍しいですよね」

比佐子はちょっと逡巡《しゅんじゅん》し、ここだけの話ですよ――と念を押して話し始めた。

「努力、というのは前の奥様の口癖だったんです。努力は必ず報われる……よくそう仰ってました。それがいつからか、グチになってしまったんです」

「グチ？」

「こんなに努力してるのに、どうしてわかってくれないのって……旦那様への文句ですね」

瑳苗の母親の優美《ゆみ》は、ある企業の創立者一族の孫娘だった。その企業は勝行が勤務していた生命保険会社の関連会社で、優美の父親が勝行を気に入って嫁がせたらしい。

「いわゆる箱入りのお嬢様だったんですけど、素直で可愛らしい方でしたよ。邪気がないと言いますか……でも、それがアダになったんでしょうかねえ……」

優美は大学卒業後、すぐに花嫁修業生活に入り、就職することなく結婚。間もなく瑳苗を身ごもる。比佐子がこの家に通うようになったのは、瑳苗が生まれてすぐだった。週に三日、家事や育児など、優美の手伝いをしていたという。

「家事は完璧でした。お料理は上手ですし、育児にも熱心で……奥様なりにいい妻、いい母でいようと努力されていたと思います。でも、旦那様に認められていない、という気持ちがどんどん膨れていったようでした」

「僕のお義父さんの印象は、他人への気配りのできる懐の広い人……という感じですが」

一の問いに、比佐子はうなずいた。

「夫婦仲は悪くなかったんですよ。旦那様も可能な限り、奥様を労《いたわ》っていらっしゃいました。どんなに帰りが遅くても必ず奥様の手料理を食べ、休みの日には家事をして……ただ、男の方はなんといっても仕事優先でしょう？　特に上司の方や奥様のご親族の手前、手を抜くことは許されなかったんだと思います」

周囲から「逆玉の輿《こし》」と揶揄《やゆ》された勝行は、自分以上に妻子のために必死に働いた。仕事で家を空けがちになったが、働いたこと、雇われたことのない優美にはその苦労がわからなかったのではないか、というのが比佐子の考えだった。

寂しさを埋めるため、優美は育児に情熱を注ぐ。しかし、それでは満たされなかった。

「いいお母さんでしたよ。でも……私が思うに『娘』から『女』になる前に、『妻』や『母』になることを無理強いされてしまったんでしょう」

「ああ、そうか。それで『こんなに努力してるのに、どうしてわかってくれないの』になるわけですね」

それまで「努力は大事だ」とくり返していた母親が、父親に向かって当たるところを瑳苗は何度も目撃するようになった。

「まだ小さい頃ですから……お辛かったと思います」

やがて優美は実家へ戻りがちになる。それに合わせて、瑳苗もこの家と母方の祖父母の家を行き来するようになった。そんな生活が二年ほど続き、優美の口から離婚の二文字が出始めた。

そこまでの流れは一にも理解できた。わからなかったのは瑳苗が勝行に育てられたことだった。

よほどの理由がない限り、幼い子どもの親権は母親に渡ることが多い。仮に母親側に離婚の原因があったとしても、年中一緒にいる母親と不在がちな父親を比べた場合、母親についていきたがるほうが多いと聞く。しかも生家がそれだけの家柄ともなれば、男の子の瑳苗を簡単に手放すとは考えにくい。

比佐子が教えてくれた理由は、しごく単純なものだった。

「瑳苗さんが、旦那様との暮らしを選ばれたんです」

「……え?」

「学校の社会科見学で、たまたま旦那様が働いてらっしゃる会社を訪問されたらしいんです。そこで旦那様や社員の方々の仕事ぶりを見て、何か思うところがあったみたいですね」

ふと、一は今の瑳苗の姿や態度を脳裏に浮かべる。親が離婚した頃から、すでにあんなふうだったのではないかと。

「しかし、それは……お母さんはショックだったんじゃないですか?」

境遇はまったく違うが、母とふたりきりで生きてきた一は優美に同情せざるを得ない。

比佐子もうなずき、深いため息をついた。

「私も母親ですから、奥様の心痛はお察しします。でも……瑳苗さんは旦那様のご苦労もよくわかっていたんでしょう。この家にしろ、ご飯にしろ、旦那様の稼ぎで賄われていたものですからね」

母親が実家へ戻り、父子ふたりの暮らしが始まった。それに伴い、比佐子は週末以外、毎日ここへ通うようになった。瑳苗は比佐子の手を借りて、料理や掃除などを懸命にこなしていた。決して比佐子任せにはしなかったという。

「当時は私も近所に住んでいましたから、ひとりで不安だったり、寂しかったりしたらいつでもうちに来ていいんですよと申し上げたんですが、寂しくなんかないと仰ってました」

「昔から生意気……というか、意地っ張りだったんですね」

一の言葉に比佐子は懐かしそうに笑った。

「お父さんのいる世界はこの家よりずっと広いし、人も沢山いる。そこで闘ってるんだから、僕はひとりでも平気だって言ってましたけど……明らかにやせ我慢ですよね」

（俺は自分にできることをやってるだけだ）

「でも……しっかりしてるなあ……」

「しっかりしなければ奥様に申し訳ない、と思ったんじゃないですかねえ。その証拠に、奥様が残されたレシピの本を見て、奥様の料理の味を覚えようとなさってましたから」

勝行の言うとおりだと一は思った。母親に会おうとしないのは、父を選んだからだ。嫌いになったからではない。

両親のどちらかひとりを選べ、と迫るのは子どもにとって酷なことだ。どちらが悪いとはっきり言い切れない場合は特に、難しい選択だ。

しかし、瑳苗は「父の味方になる」ことを選んだ。選ぶことで生じる責任も、幼いながらに理解したのだろう。それゆえに選択を単なる言葉で終わらせるのではなく、身を以って実行したのだ。

「でも……それもやっぱり努力でしょう？　努力家だと言われて、あんなに怒ることはないんじゃないと思うんですが……」

瑳苗の中で、トラウマとして残ってしまったのだろうか？

「私もそう思って、言ってみたんです」

一の意見に比佐子も同意した。

「坊ちゃんも努力して、がんばってるじゃないですかって。そうしたら、努力というのは自分のためでしかない。そういうのは嫌だから、僕は努力はしない。その代わり、ひとつひとつ丁寧にやるんだ——って」

「丁寧……？」

「努力という文字には、力という字がふたつも入っている。力の入れ過ぎだ。力を入れ過ぎると辛くなる。でも、丁寧は親切という意味だから辛くない——そう仰ったんです」

一はハッとした。

「ああ……そうか……」

「おわかりですか？　難しくて、私にはよくわからなかったんですけど……」

「親切――つまり『誰かのため』なんですよ。『自分のため』じゃない」

「なぜ努力が報われないのか」という失望が残るのは、「自分のため」の苦労だからだ。例え「誰かのため」という名目があっても、見返りを求めた時点で利己的になってしまう。だから誰かを、何かを恨みたくなる。

見返りを求めず、物事に丁寧に取り組もうと思えば、不必要な力は抜ける。己の能力を過大評価することも、逆に卑下することもない。できることをやればいい――「自分のため」ではなく「誰かのため」に。それが巡り巡って、いつかは「自分のため」になるのだ。

瑳苗の言動は「自分のため」ではなかった。目の前、あるいは離れた場所にいる他者への感謝なのだ。

そう考えれば、日々の細かなスケジュール管理や節制、作家への応対や味方でいろという発言も、食材をきれいに食べ尽くすことも、すべて納得がいく。自分がいる場所で、自分にできることを精一杯やる。そのためにはどんな会社でも、どんな仕事でも良かったのだ。

「確かに……世の中、努力すれば報われるってわけじゃないですからね。社会に出るとそれを痛感します」

一はつぶやいた。

「でも……ガキだなあ。でかいくせに……」

キッチンに立つ瑳苗の背中を思い出し、一は涙が出そうになった。

瑳苗の中には母親の努力を認め、慰める気持ちもあっただろうが、それ以上に父が働く姿に心を動かされた。しかし、父との暮らしを選んだことで、母の努力を封印せざるを得なくなったのだ。丁寧に——という生き方、姿勢は一にとって目から鱗《うろこ》だった。自分の変化を促し、大きく成長させてくれると信じられる。

だが同時に、努力も必ず報われると思いたかった。ただ、自分が望む形で評価されるとは限らないだけなのだ。

優美の努力は瑳苗の成長という形で報われた。彼女には、それを見届ける余裕がなかった。あまりに力が入り過ぎてしまい、遠い未来を見失ったのだろう。

瑳苗の母親に今の瑳苗の姿を見せてやりたい、と一は思った。勝手な願いだとわかっている。しかし、それを瑳苗に言える人間は自分しかいない。

俺はあいつが好きだ——一は自分の想いを認めた。

あいつも同じ気持ちなら、前に進みたい。同僚として切磋琢磨《せっさたくま》し、兄弟として絆を深め、恋人として同僚とも義兄弟とも異なるつながりを持ちたい。

でも、昨日のようなやり方じゃダメだ。あれは自分が悪かった。もっと真摯に、そして屋上でのひとときの続きのようにロマンティックに——。

「そうですね……そうかもしれない。でも、瑳苗さんは優しい方です。ぶっきらぼうで、ちょっと冷たく見えますけどね」

比佐子の言葉に、妙な妄想をしていた一は顔が熱くなった。

「え、ええ、そうですね……」

「でも、良かったわ。こんな素敵なお義兄さんができて……」

「どうかな……お節介焼きだから、煙たく思ってるみたいですよ」

「あら、それを言うなら私もお節介おばさんですよ」

ふたりで声を立てて笑いあう。

「でもね、人生にはひとりやふたり、そういう人が必要なんですよ」

「僕もそう思います」

一はうなずいた。

8

「カジ、入江先生が……」

金曜の午後。自席で雑誌の特集企画を考えていた一は、同僚の声に顔を上げる。

同僚が指差すガラス張りのフロアの向こう――廊下に入江の姿があった。一に手を振っている。

時計を見ると、すでに約束の午後二時を回っていた。

「あ、しまった」

一は慌てて席を立った。周囲からすれば仕事に没頭しているように見えるかもしれないが、少し気を抜くと瑳苗のことばかり頭に浮かんでボーッとしてしまう。今もそうだった。

例の押し倒し未遂事件からずっと冷戦状態のままで、一はあの家にいるのが苦痛だった。職場も同じ、住居も同じなのに瑳苗に避けられ通しなのだ。恋心を意識しなければどうにかなったのかもしれないが、自分の想いに気づいてしまった以上、同じ屋根の下――隣の部屋にいることが切なくてたまらなかった。

あの日のことを謝り、きちんと話をしたいと思いつつ、一はそのきっかけを掴めずにいた。瑳苗からのアクションがないので腹を立てもしたし、隣の部屋にいるのにメールや電話もおかしい気がして意地を張ったりもした。

だが結局何もできず、一は仕事を出汁《だし》に使うことにした。一昨日の晩、瑳苗の部屋のドアの前に第三稿脚本を置いたのだ。メモも何も添えずに。

朝には消えていたので、話したがっているとわかってくれたのだろう。いや、わかってほしい。だが、瑳苗からの返事はまだなかった。

「すみません！」

入江のところへ飛んでいって、一は頭を下げた。

「ううん、いいんです。遅れちゃって……」

友人の家に移った入江は二週間の東京滞在を終え、今夜の新幹線で帰郷する。今日の打ちあわせは正にその『画商の帽子』の脚本第三稿の中味についてだった。

「すいません、映画のことばっかりで、鍛治舎さんの時間を使わせて……」

パーテーションで区切ったミーティングスペースで入江は申し訳なさそうに言った。

「とんでもない。いい映画になれば、先生にもうちにもお金が入ってきますから」

少しでも気持ちを盛り上げようと、一はわざと金満主義的なセリフを口にする。入江はくすっと笑った。

「確かに」

三稿は入江のリクエストを考慮し、サナエが復活していた。ある意味、原作どおりである。しかし、一の率直な感想は「二稿のほうがいい」だった。

入江の文章が紡ぎ出すサナエは、小説の中では主人公の影だった。だから入江は「サナエを消すこと」に違和感を覚えたのだろう。

それは一にも理解できる。ところが、映画の中で「映像を伴う現実のキャラクター」として登場させると主人公の存在感が薄く――、あいまいになってしまうのだ。

映像化を考えた場合、サナエの描き方はとても難しい。扱いを間違えれば原作の良さを損なうどころか、まったく違う作品になってしまう。これこそが媒体の違いが生み出すジレンマなのだ、と三稿の脚本を読んで初めて一は実感した。瑳苗が「映像化に向いていない」と言ったのは、このことだったのだ。

もちろん監督や脚本家の力量によって差は出るだろうが、三つの脚本を読んで一は悟った――これが限界だと。

入江もわかったのだろう、パラパラと脚本をめくってつぶやいた。

「これ……僕が言ったことをちゃんと反映してるけど、前の脚本のほうがまとまりはあるというか、伝わりやすいですよね」

「そうですね」

「今さらこんなこと言うのって無責任ですけど、考え過ぎて、よくわからなくなってきました……

やっぱり、映画は映画のプロに任せたほうがいいのかなあ……」

入江は肩を落とす。

「それは一理あると思います。ただ――」

一は慎重に言葉を選びながら、自分なりに思ったことを入江に伝えた。

「この作品は映像化が難しいと思います。もともとそのつもりで書かれた作品じゃありませんし、文章だからこそ作れた世界なんですから。私は――今回の脚本を通して改めて気づいたんです……ああ、やっぱり入江先生は小説家なんだなって」

いつの間にか、一は拳を作って力説していた。入江は黙って一を見つめている。

「おかしな言い方ですけど――どうだ！　って気持ちもあるんです。先生の作品世界は、そう簡単に他の形にできないんだぞ！　って。映画を批判してるんじゃありません。でも、そっちはそっちでオリジナルでここまでのものを作れないのかよ！　って……」

「鍛治舎さん……」

入江の瞳にうっすら涙が浮かんだ。

「……あ、すいません、熱くなっちゃって――」

「ううん、嬉しいです。ありがとうございます。僕……映画化したいって言われて嬉しい反面、きちんと理解されてないのかなとか、文句つけるのはおこがましいのかなとか、自分だけがこだわっていて、原作者はこれだから困る……って、呆れられてるんじゃないかって――」

「そんなことはないですよ、自信を持ってください。映画としてはどうなのかなんて、先生が気に病む必要はありません」

入江はうなずいた。

「ここのところ、ひとりで闘ってるような気がしてたんです。でも、書く前も書いてる最中も、鍛治舎さんは見守ってくれてたんですもんね」

「心細い思いをさせて申し訳ありません……」

「そんな！　僕がもっと素直になれていれば――」

感動的なシーン――のはずだったが、入江の胃がぐーっと鳴った。

「あっ」

「先生、もしかして……お昼、まだですか？」

「はい」

「うわ、なんで言ってくれなかったんですか！」

「忘れてました」

「あ……私もまだでした」

「えー！」

入江が笑顔になってくれたので、社員食堂へ行くことにした。外の店を勧めたのだが、社食で食べてみたいらしい。時刻はすでに午後二時半を回っていたが、席の三分の一ほどが社員で埋まっていた。

「あ、田中さん」

メニューを決めて待っていると、珍しそうにきょろきょろしていた入江が言った。

一はドキッとした。確かに瑳苗だった。

「田中さんもこれからですか？」

屈託のない入江の質問に瑳苗は答えた。

「ええ」

「え、お前も？」

一は思わず言っていた。

可能な限り、食事の時刻を揃え、メリハリのあるタイムスケジュールで動いている瑳苗がこの時刻に社食にいること自体が珍しいのに、これから昼食とは——。

「一緒に食べませんか？」

「もちろんですよ」

流れで一緒のテーブルに着き、一は瑳苗の隣に腰を下ろした。唇の傷は治ったらしいが少し疲れているように見える。

こんな時刻に昼食を取るのも疲労の色も、いつものペースを崩しているせいかもしれない。それって俺が原因か？　自惚《うぬぼ》れたくはないが、もしも俺のせいなら申し訳ないなと一は思った。そして、自惚れたくはないが――少し嬉しい。

「今日、帰られるんでしたね。東京はどうでしたか？」

瑳苗が明るく入江に尋ねた。

「すごく楽しかったです。やっぱり、専門店が充実してるのがいいですね。でも、そろそろホームシックになってきました」

「たまに来る程度がいい街かもしれませんね。またいつでも来てください」

入江の笑顔に癒されながらも、瑳苗の態度に一はイライラした。俺のことは避けてたくせに……と思うと、立場の違いを理解しつつも一は入江に嫉妬せずにいられないのだ。俺って、こんなに独占欲の強い男だったっけ？

「そういえば……映画の脚本、読ませていただきました。二稿と三稿を」

瑳苗の声に、一はハッとした。それは言わない約束だった。もしも自分の意見と瑳苗の見解が異なれば、入江は余計に混乱しかねない。

「瑳苗、それは――」

「私が鍛冶舎に頼み込んだんです。先生の作品は好きですし、彼が先生を心配していることも知ってましたから」

意外な発言に、瑳苗を止めようとした一は驚く。

「そうだったんですか……で、どう思われました？」

入江は身を乗り出す。ハラハラしながら見守っていると、瑳苗は落ち着いた様子で答えた。

「鍛治舎と同じ意見です」

え？　と言いそうになるのを、一はどうにかこらえた。

もちろん、一は何も聞いていない。話をしたのは二稿についてだけで、三稿は読んでもらえたかどうかも知らない。だが、続く言葉は確信に満ちていた。

「こいつは、先生という作家と先生の作品の味方です。どんな道を選択するにしても、納得できない部分を残さないでください。世界中の誰ひとり理解してくれなくても、こいつだけは味方になってくれますから」

瑳苗の横顔を凝視していた一は、その視線を入江に移す。入江は小さく「はい」と答え、眼鏡をかけ直した。涙を隠しているようにも見えた。

入江を励ますには十分だったが、一は逆に居心地が悪くなってしまった。

瑳苗がむやみに人を誉める男でないことは勝行の証言からも、これまでのつきあいからも明らかだ。気持ちの悪いおべっかや社交辞令を使う男でもない。従って、今の発言は率直な気持ちということになる。

確かに俺は入江の味方でいたい、と一は思った。その気持ちに偽りはない。だが、口ではいくらでも言える。大切なのはそれを実行に移せるかどうか、どう実行に移すかじゃないのか——父親を選んだ瑳苗がしたように。

食事を終えた一は、入江を見送るために瑳苗と一緒にエントランスまで降りた。

「いろいろお世話になりました」

入江は来たときと同じように、ぺこっと頭を下げた。一は首を横に振る。

「とんでもありません。至らないことばかりで……」

「ううん、楽しかったです。電話では何度も話しましたけど、やっぱり顔を合わせて話すのって大事ですね」

監督への脚本の返事は来週だ。まだ数日あるので入江は実家へ戻り、ひとりになってもう少し考えるという。

「じゃあ、また……」

「お気をつけて」

去っていく入江の背中を眺めていた一の胸が、あふれる思いでいっぱいになっていく。

自分は入江の友人でもなければ、家族でもない。単なる担当者だ。でも……だからこそ——。

「先生！」

一は瑳苗を残し、走りだした。玄関前でタクシーに乗り込もうとする入江を掴まえ、息せき切って言った。

「先生……どうしても嫌なら、やめましょう！」

「え？」

「映画、やめましょう」

「え、あの……」

入江は目を丸くする。

「私がなんとかします。先生を守ります」

これが、と一は自分に言い聞かせる。

これが俺なりの「味方」の姿だ。

「鍛治舎さん……でも……」

「本契約は脚本が完成してからです。役者も決まっていません。今なら問題にならない」

「そんな……だけど、常葉出版さんも映画会社も動いてるし——」

(こいつは、先生という作家と先生の作品の味方です)

瑳苗の声に勇気を得て、一は言い切った。

「大事なのは先生と先生の作品です。確かに映画化されれば先生の知名度は上がり、先生の本を読んでくれる人は増えるでしょう。私も上司から誉められます。でも……今回のことがストレスになって、今後の執筆に影響することのほうが私は怖い。それに比べれば映画を断るぐらい、大したことじゃありません」

タクシーのドアに手をかけ、入江はじっと一を見つめている。また泣きだすのではないかと一は心配していたが、杞憂《きゆう》だった。なんと、入江はにっこり微笑んだのだ。

「あー、良かった……肩の荷が下りました……」

言うとおり肩から力を抜き、腕をだらんと下げる。

「先生……」

「いやー、今の言葉で気持ちが一気に楽になりました。はー……」

「じゃあ――」

「いえ、帰ってからよく考えます」

「え?」

「現金だけど、なんか、今の言葉でスカーンと突き抜けちゃったっていうか……もっと単純に考えればいいのかもしれないって思えました。だって鍛治舎さんがいてくれるんだから、何がどうなっても大丈夫かなって……」

「先生……」

「ありがとうございます。また連絡します」

すっきりした顔で入江はタクシーに乗り、去っていった。

とぼとぼと中へ戻ると瑳苗が待っていた。勢いで出てきてしまったので、一はびっくりする。

「あれ……待っててくれたのか」

「ずいぶんな言い草だな」

「ごめん……」

揃ってエレベーターホールへ向かいながら、一は言った。

「俺……バカかも。嫌なら、映画やめましょうって言っちまった……」

瑳苗は肩をすくめる。

「まあ、そんなところだろうと思ってた」

「驚かないのか？」

「別に。『諦めない』というのは人生において重要なファクターだ。しかし同時に、すべてを捨てる覚悟も必要だ。押すのが勇気なら、引くのも勇気だからな」

「うん……そうだな」

あれ？　と一は思った。俺ら、普通に話してる――。

「さっきは……ありがとう」

この機を逃す手はない、と一は礼を言った。

「別に。思ったことを言ったまでだ」

「でも、三稿読んでくれたんだろ？」

「いや、読んでない」

「へ？　じゃあ、あれって……」

「お前ならきっとこんなことを言ったんだろう――と想像して、先生を励ましただけだ」

「な……」

「単純だからな、お前は」

久々の毒舌が悔しいと同時に、なぜか嬉しい一だった。そして、いつものように腹が立つ。ゆえにいつものように捻りのない返しをする。

「わ、悪かったな！」

「そこに惚れてる」

「ああ、そうですか！　それも悪かった――何？」

「惚れてる。ずっとだ」

「……え？」

「お前もだ……そうだろう？」

「なななな何言って――」

「さっき、お前は俺を瑳苗と呼んだ」

文芸部のフロアに着き、エレベーターのドアが開いた。社屋が吹っ飛び、頭上に晴れ渡った空がバーンと開いたような爽快感が広がる。

「今夜、それについて話そう……じっくりな」

さらりと言い、瑳苗は出ていってしまった。一は何が起こったのかわからず、呆然とする。

「え……え？　ちょっと、待てって――あぁッ！」

ようやく脳が再始動を始めたとき、一を残してエレベーターのドアは閉まった。

午後九時過ぎ、玄関の前で一は深呼吸をした。瑳苗はすでに退社している。ドアを開けるのは怖くなかった。瑳苗に「惚れてる」とはっきり言われて感激したからだ。改めて一は思う。俺はあいつに認められたかったのだと。

この扉の向こうには、様々な疑問を解き明かす鍵がある。それをどう捉え、どう使うかによって先に進むか、あるいは道を変えるかが決まる――。

ドアノブに手をかけたそのとき、携帯電話が鳴った。入江からのメールだった。無事に帰宅したこと、世話になったことへの礼に続き、こんなメッセージが記されていた。

【鍛治舎さんが担当で本当に良かった。一緒に作品を作っていけることに、誇りを感じます。】

望む形で努力が報われるとは限らない。ただ、確かなことがひとつある。必ず誰かに伝わる、ということだ。

追伸がふたつあった。

【追伸その1：田中さんにもよろしくお伝えください。鍛治舎さんを「信頼できる男です」と言ってましたよ。ふたりの絆にちょっと嫉妬（笑）。】

「絆……」

つまらない意地の張りあいやくだらない口喧嘩ばかりしてたのに？　距離が縮まり始めたばかりなのに？　それとも――互いに相手を意識したときから距離はなくなっているのだろうか。

【追伸その2：田中さんってドーベルマンみたいですね。ちょっと怖いけど、鍛治舎さんにシッポ振ってるような気がしました。あ、内緒ですよ。】

「犬……」

確かに、言われてみれば雰囲気はドーベルマンに似ているかもしれない……携帯電話を見つめたまま、ぼんやりそんなことを考えているとドアが開いた。

「うあ！」

瑳苗が眉をひそめて言った。

「……とっとと入ってこいよ。いつまで待たせるんだ」

「いつまで……って帰ってきたの、わかってたのか？」

「たまたま……ドアスコープからのぞいたら、お前がいるのが見えたから……」

ふいと視線を逸らす瑳苗にドーベルマンの画像が重なり、一は吹いてしまった。きっと自分が近づいてくる足音や匂いを察知し、玄関で待っていたに違いない。

(惚れてる。ずっとだ)

いつから？　どうして？　何もかも知りたい――。

「なんだよ」

「……いや、なんでもない。入江先生がお前によろしくって」

靴を脱ぎながら、一は言った。

「お前の言うとおりだ。歳上なのに可愛げがあるよな、あの人は」

瑳苗は廊下で振り返り、不満そうな顔をする。また嫌味を言われる前に先に伝えるべきことは伝えてしまおう、と一は早口に言った。

「今日はいろいろありがとう。映画のことはどうなるかわからないけど、先生の気持ちを楽にすることはできた。お前のおかげだ」

「俺は――」

「お母さんのことは悪かった。大きなお世話だったたと思う。言うのは簡単だけど、実際に動くのはお前なんだし――」

「手紙を出した」

「え？」

「親父に住所を聞いて……ウイーンにいるらしい。四人で撮った写真を同封した」

「え、あの写真を？」

四人というのは外《ほか》でもない、勝行と俊江、瑳苗と一の四人である。

会食時に撮影したのだが、まだ家族になることも同居のことも心にしっくりとなじまず、写真の中の一は笑顔が引き攣っていた。瑳苗の実母に反対しているように思われたらどうしよう、と少々心配になる。

だが、瑳苗が勧めに従ってくれたことは、純粋に嬉しかった。

「そうか……返事が楽しみだな」

鞄を廊下に置き、ジャケットを脱ぎながら一は言った。

「来るかどうかはわからんが」

「何言ってんだ、来るよ！　絶対に来る！　もしも来なかったら、俺がウイーンまで言いにいってやる。お前は努力家で、仕事のできる男になったって」

「おい……」

瑳苗が言いかけたのを、一は遮った。

「うるさい！　お前が否定しようが、俺の気持ちは変わらない。何千回だって言ってやる！　お前は努力家だ。俺の知ってる人間の中でもずば抜けてる。それは一種の才能だ」

「その話は――」

「お前のいいところは、努力をしても報われたいと願わないところだ。努力を当たり前のものだと思ってる。だから……」

一は荒くなった息を整える。

「だから尊敬できるし……好きになった」

「一……」

瑳苗が驚きを隠さず、つぶやいた。

初めて名を呼ばれ、首筋から上が燃えるように熱くなる。それだけでもう、わかってしまう――。

「腹の立つ部分は山のようにあるし、嫌な奴だけど……い、一緒に暮らせてよかったと思ってる」

一は鞄を拾い上げ、すたすたと歩きだした。自室へ向かうべく、瑳苗の脇を通り過ぎる。

と、いきなり背後から抱きしめられた。

「な……」

「お前は誤解してる」

「ちょっと……離せ――」

「俺は報われたいと願ってる――この想いがお前に届いて、お前が俺に抱かれることを……俺の腕の中で泣いて、声を上げげて、俺を求めることを望んでる……」

「……っ……」

「お前を奪いたい……」

痕を残された首筋に唇を押し当てられ、一は全身を震わせた。ジャケットと鞄をその場に落とす。

「お……とこ同士……だぞ――」

「さっきの『好き』はそういう意味じゃないと言うのか？　兄弟の情だとでも？　それならそれでもいい……血のつながらない兄貴に惚れた義弟でいい……間違いじゃないからな」

前面に回った両手がセーターの上から胸を、ズボンの上から局部をまさぐる。

「それも、おかしい……っ——」

ズボンの前を撫で回され、甘くも切ない刺激が走る。

「あ……」

「そうか？　男同士で義兄弟——それはそれで燃えるんじゃないのか……ほら——硬くなってきた……」

「違う……」

「疑問も質問も後にしてくれ。もう、限界だ。お前が欲しい——」

瑳苗は一の身体を抱きかかえ、自室のドアを乱暴に開けた。中へ押し込まれ、勢いのままにベッドになだれ込む。

「……待……っ——」

あの日のようにのしかかられ、両腕を固定され、一はもがいた。だが、あの日と違うのは唇を奪われて、徐々に力が抜けていったことだった。

「……ん……っ——」

抗わずにシーツに身を投げ出すと、瑳苗は縛《いまし》めを解いた。一は貪るようなキスを受けながら、瑳苗の背中に手を回す。性急な欲望に身体が支配されていく感覚に恍惚《こうこつ》となった。

「は……」

額をくっつけたまま、荒い吐息で瑳苗が一のセーターをまくり上げる。

「……あっ……！」

　シャツの上から乳首を撫でられ、一はぶるっと胴震いした。爪先で引っ掻かれて身悶えるが、腕に絡まるセーターのせいで自由に動けない。

「最後まで……するからな」

　切なげな宣言と乳首への愛撫に、一は首を横に振った。

「い……入れられるのは、嫌だ……痛いんだろ？」

「経験あるのか？」

「あるわけない……だろ！」

「だったら試してみなけりゃわからないじゃないか」

「そんな――」

「俺が、やみつきにさせてやるよ」

　首筋にキスをしながら、瑳苗の指が一の胸を露にしていく。

「もう、勃ってる」

　そうつぶやく唇が一の乳首を直に捉えた。

「は、あ……ッ……！」

　硬く小さな突起への刺激は下腹部の快感とはまったく異なるが、ある意味でそれよりも強烈だった。

「……女に触られたことは？」

ない、と首を横に振る。

「もったいない」

「あ、あっ……ん……」

唇を当てたまましゃべられ、もう片方を爪で弄られ、一は甲高い声を上げた。

「可愛い声だ」

「そんなこと……言う、な……」

瑳苗が俺にいやらしいことをしている、あの嫌な奴が……そう思うと恥ずかしくてたまらない。

だが、電流のような愉悦と瑳苗の舌や指の下で硬くなっていく乳首から視線が離せない。

「……や、だ……」

「じゃ、こっちに移るか」

張り詰めた局部をすうっと撫でられ、一は唇を噛みしめた。

「楽にしてやる」

「……あ……」

ズボンの前を寛げられ、一は深く息を吐いた。しかしボクサーショーツはそのままに、瑳苗の長い指が一自身の形をなぞる。

「ん……っ……」

根本から先端へ……と執拗に弄られ、グレーのボクサーショーツにカウパーが滲んだ。瑳苗はその部分に触れ、糸を引かせるべく指を踊らせる。

「感じやすいな」

「お前……セックスのときもこんなふうに、意地が悪いのか……っ……」

一は瑳苗をにらんだ。

「この程度で意地が悪いと言われたら、何もできなくなる」

もっとあっさりとしたシンプルなセックスを一は想像していたのだ。女性は時間をかけたスキンシップを好むが、男同士。言ってしまえば「射精する」だけで満足できるのではないかと。

「それとも、お前のセックスは入れて出すだけか？　だったら、挿入は痛いだけ——と思うのも仕方ないな」

「……っ、違う——ッ……」

もくろみを見透かされてしまい、思わず反論する。

「俺は丁寧なだけだ——お前に対しては特に」

瑳苗は屈み込み、ボクサーショーツの染みに舌を這わせた。

「あ、あぁっ……あ……！」

布越しの愛撫は、一の身体をのけぞらせるのに十分だった。カウパーで湿った分だけ刺激が届きやすくなっており、ショーツの生地と舌の感覚が同時に伝わってくる。さらに瑳苗の唾液で濡れて

布が分身に絡みつき、一を身悶えさせた。

瑳苗がこんなふうにいたぶるなんて……いたぶられて、こんなに感じるなんて――。

いっそ開き直ってしまえば楽だとわかってはいるが、かろうじて残っている理性が羞恥に火を点ける。その羞恥がさらに快感を煽る。

「や……めてくれ……や、だ……布が、擦れて……っ――」

「イきそうか？　いいぞ……このまま出せばいい」

そう言うと瑳苗は伸び切ったボクサーショーツごと、一の分身を口の中に含んだ。布が擦れ、生暖かい舌のざらつき、扱くように甘噛みする歯の感覚が耐えがたい悦びとなって、一を翻弄する。

「あっ、あ、ああっ、あ……もう――あ……ダメ、だ……！」

喉を詰まらせながら「イく」と訴え、一は達した。

「は……」

湿った布のせいで普通のフェラチオよりも間接的な分、射精は爽快感を伴うものではない。だが、じらされたおかげでトロトロと分身が溶けそうだった。乳首もじんわりと疼いている。

こんな愉悦は初めてだ。しかも、露になっているのは上半身だけでほとんど着衣のままだ。恥ずかしさが込み上げる。

「お……前……男と経験……？」

「ある。女ともな」

「え……じゃあ、バイセクシャル？」

一の胴に跨《また》がり、瑳苗はニットを脱ぎ始めた。

「さあな。正直、どうでもいいと思ってた。仕事はともかく、他人にあまり興味がなかったから」

何度か抱きしめられたので瑳苗が着やせするタイプなのはなんとなくわかっていたが、裸の胸を目の当たりにし、一は目を見張った。過度な筋肉はない。しかし、特に運動をしていないのにこの締まり方——持続力のある肉体だ。

一は同性として悔しいのと同時に、この身体は自分だけのものなんだ、という妙な優越感に包まれた。

「お前だけは別だ。お前が女だったら……と思ったこともある。でも今は——男のお前がいい」

瑳苗は手を伸ばし、一の腕からセーター、シャツを脱がしてくれた。続いて下半身からも衣類をはぎ取られる。

全裸になることにあまり抵抗がなかったのは、一が濡れたボクサーショーツと白い液体にまみれた分身に気を取られていたからだ。何か拭くもの……と思ったが、ティッシュの箱は遠い。仕方なく、一は自分のシャツでそこをぬぐった。

「な……なんだよ」

瑳苗の視線を感じて顔を上げた途端、再び押し倒された。いつの間にすべて脱いだのか、瑳苗も全裸になっていた。

「ちょっと……お前、乱暴だぞ！」

「お前が悪い」

「な、んで――」

「今のは卑猥《ひわい》過ぎる」

低い声で囁きながら耳たぶを舐められ、一は身をすくめた。

「だ、だって……あのままじゃ気持ちが悪いから……」

「お前はもう吐き出したからクールダウンしてるんだろうが、俺はまだだ」

そうだった……と視線を下へ滑らせていくと、中心で屹立《きつりつ》したモノがまっすぐに一を見上げている。

一は慌てて視線を逸らした。あんなものが身体の中に入るわけがない。入れる部位ではないのだから、無理がある――そんなことを思いつつもチラチラ見てしまう。同じ男だからこそ、俺に入れたくてあんなに大きく……と思うと愛おしさを感じるのだ。勃ってるだの硬くなってるだの、言われたときは恥ずかしくてたまらなかったが、言いたくなる気持ちはわかる。

視線に刺激されたのか、瑳苗の分身がビクン……と脈打った。それを見ていた一の心臓もトクンと鳴る。

「あ……」

瑳苗は隣に寝そべり、一の右手を握りしめた。

「触ってくれ」

導かれ、抗うことなく手を伸ばす。自分にもついているものだ、形と大きさが異なるだけで同じものだ——そう言い聞かせ、そっと握りしめてみる。

「……あ……」

驚いたのは大きさや長さではなく、その硬さと熱さだった。自分のモノで慣れているはずなのに、ひどく興奮する。

「すごい……」

よく聞くセリフだが、それしか出てこなかった。ぎこちなく手を上下させる。

「う……」

瑳苗がかすかに呻《うめ》いた。これがマックスだろうと思っていた手の中にあるモノが、さらに硬くしなった。

「嘘……」

見つめる瑳苗の顔はいつも以上に精悍で、野性的な雄の輝きに満ちている。想いが募り、一は分身から離した手を瑳苗の頬に当て、自分からキスをした。

「……ふ……」

しっかり抱きあい、唇を求めあう。屹立した瑳苗のモノが臍《へそ》の周辺に当たり、自分を征服したがっていることを訴えてくる。

「いいよ……好きにしろ」

一は瑳苗の耳に囁いた。未知の経験への怖れはあるが、身体をつなげることを拒むつもりはなかった。むしろ、抱かれることで俺も瑳苗を奪い、征服したい……そんな想いに駆られていた。男同士でなければ湧かない感情かもしれない。

瑳苗は愛おしげに一の頬にキスをし、身体を起こした。一の脚の間に座り、膝を立てさせる。

「な、何?」

「何って、緩めなきゃ入らないだろう。女と同じだ。濡れればすぐに入れられるわけじゃない」

「あ……そうか」

ベッドの足元側にあるキャビネットから瑳苗はボトルを取り出した。滑りを良くするローションらしい。

「あの……さっき言ってたことだけど――」

「さっき?」

ボトルのキャップを外すと、瑳苗は中身を一の股間に垂らした。冷たさに一瞬、身をすくめる。

透明の液体が袋、そして蟻の戸渡りへと流れていく感覚に分身が反応する。

「他人にあまり興味がないって……」

「ああ」

濡れた指先が奥の孔に触れ、円を描くように動いた。

「……っ……！」

むず痒さに、身体に力が入ってしまう。

「締めるなよ」

「そんなこと、言ったって……あっ……」

「エロい顔してる」

「バカ……っ……」

「お前のことも、最初は嫌いだった。初対面のときが最悪だったな」

愛撫をされながらそんなことを告白され、一はどうすればいいのかわからなくなる。しかし、それは長くは続かなかった。

「でも、嫌いと感じること自体が俺にとっては滅多にないことだった。好きと思わない代わりに、嫌いとも感じないというか……だから――」

「ま、待て……っ――嫌いって、なんで……」

面接のとき、一は逆に瑳苗に好感を抱いたのだ。嫌われるような態度を取った覚えはない。

「あの状況で、無駄に明るくて前向きに見えたからだよ。転んでもただでは起きません！　みたいなオーラ全開で……俺の大嫌いな『努力』を電飾付きで背負ってる――ように見えた」

「そんな……知るかよ！」

叫んだ直後、孔に指が入った。弛緩するタイミングを狙っていたのだろう。

「あ……あ……っ！」

奇妙な感覚に、一は腰をよじった。我慢しようとすると指をキュッと締めつけてしまい、さらに感じてしまう。

「まだ第一関節しか入ってないぞ……まあ、入り口は感じやすいからな」

じわじわと指を進めながら、瑳苗は話を続ける。

「入社式で再会したときもバカみたいに明るくて、うんざりした。単純で転がされやすいし……」

「わ……悪かったな……」

奥の孔に指を突っ込まれながらする話ではなかった。怒ろうにも、この体勢では間抜け以外の何物でもない。

「そのうち、一緒にいると楽だと気付いた。他の連中のように変な計算がないし、二枚舌でもない。よく見ると顔も整ってるし、からかうと面白いように反応するし――」

「も……うぃい！」

もうやめる、指を抜け――と言いかけたところ、瑳苗の顔が間近に迫った。

「……何？」

「気がついたら、俺だけのものにしたくなってた」

熱の宿る瞳に見つめられ、一の鼓動は速くなった。

「お前は八方美人だから、どうしたら落とせるか、ずいぶん考えた。男同士だし、会う度にお前は俺を嫌いになっていったようだしな」

「それは……自業自得……ッ――」

埋め込まれた指を中で曲げられ、一は腿を震わせた。強烈な快感が分身へと走り、膝を閉じあわせそうになる。

「あ……そこ――変だ、やめてくれ……やめ、て……っ……！」

切ない悦びが、奥から前へと流れ込んでいく。それは初めて知る感覚だった。一は瑳苗の腕にすがりつき、やめてくれと懇願する。

「どうして？　気持ちいいんだろう？　前立腺ってやつだ、知ってるだろう」

誰かの小説に出てきた、前立腺マッサージのくだりが脳裏に浮かんだ。主人公は男で、相手は女。初めてなのに感じてしまい、まるで女になったようだと書かれていた。

女の気分まではわからなかったが、一は主人公の狂乱ぶりを実感した。あれは大げさな表現ではなかったのだと。

「……あ……あああ、あっ……や、だ――」

瑳苗に好いようにされている――そんな自分がたまらなかった。やめてほしいと頼みながら、その快感を追い求めているのもたまらない。ようやく指を引き抜かれたとき、一度射精した分身は痛みを感じるほどに力を漲《みなぎ》らせ、ローションとは違う露《つゆ》を滴らせていた。

瑳苗はぐったりと身を投げ出す一を横向きにさせ、背後に寄り添うように横たわった。挿入をやめたのかと思ったが、違った。

「え……」

一の両腿の位置をずらし、奥の孔に硬いモノをあてがう。この体勢で？　と思っていると孔を擦《こす》られ、一はビクンと震えた。

「あ……」

「後背位だと、背中を抱きしめてやれないから」

言葉が終わるか終わらないか……というタイミングで猛ったモノがねじ込まれた。

「……ア、アアア……ッ……」

「呼吸を止めるな。先が入ったから、力を抜けばそんなに苦しくないはずだ」

一はうなずき、すすり泣きにも似た細い声を漏らしつつ、深呼吸をくり返す。徐々に入ってくる瑳苗のそれに内臓を押し上げられ、少し苦しい。しかし、痛みはほとんどなかった。

「……入った……？」

臀部に瑳苗の肌を感じ、一は大きく息を吐く。

「ああ」

肩を押さえていた瑳苗の腕が一の前に回ってきた。ゆっくり、そして優しく抱きしめられ、一は瑳苗に身を委ねた。こうされるのが好きなことを覚えていてくれた――それが嬉しかった。

「正直にいえば、どうしてお前をこれほど好きになったのか、よくわからない。でも……誰にも奪われたくなかった。自分のものにするにはどうすればいいか考えて……」

首筋に顔を埋め、熱く囁きながら、瑳苗が動き始める。胸を抱く指で乳首を弄られ、一はのけぞった。

「……あ、あ……」

奥のほうにかすかな痛みがあったが、乳首の愉悦に相殺《そうさい》される。

「だから……母を……?」

出会ったのは偶然だと瑳苗は言った。しかし、千載一遇《せんざいいちぐう》のチャンスを逃す気はなかったと。

「お前は俺を見ていなかった」

「そ……んなことは……」

「同僚である以上、友人になるのは難しい。いきなり襲うことも考えたが、下手をすればそこですべてが終わる。義兄弟になるしかなかった……」

中が熱っぽく疼き、いつしか一は自然に腰を揺らし始めていた。ローションの濡れた音が淫靡に響き、前立腺を擦られる度に腰全体が蕩けてしまいそうになる。同時に乳首をコリコリと摘まれ、一は甘ったるい嬌声《きょうせい》を上げた。

「あ……あ、あ……っ、あ……」

一は顔だけ振り向き、瑳苗を見つめる。キスが欲しかったのだ。

「ん、う……」

瑳苗は要求を察し、唇を吸ってくれた。舌が絡まりあい、一は陶然となった。

「仕事のできる男は誰からも愛され、求められる——お前はそう思っていたらしいが、そんなものは幻想だ。お前を狙ってる奴は多かった」

「そんな……」

「本当だ。せっかくふたりきりになれたのに、お前が入江先生を呼び入れて——俺は気が狂いそうだった」

「お前、まさか先生を……？」

「嫉妬した。やっぱり気づいてなかったのか……じゃあ、教えてやる——」

抑えつけていた感情を思い出したのか、瑳苗の動きが激しいものになってきた。

前立腺を突くように出し入れされ、一は迫りくる悦びから逃れようと前のめりになる。しかし、前のめりになると腰を後ろに突きだす形になってしまい、余計に瑳苗の分身を深く受け入れてしまうのだ。

「あ、あっ……ああ、あ……あ、だめ——だ、そんな……突か、ないで——前に、来る……っ……！」

一の乱れっぷりを受け、瑳苗は乳首を弄っていた手を下腹部へ下ろした。

「……あああ……ッ——やだ、触るな……触らないで……っ」

しとどに濡れそぼり、今にも爆《は》ぜんばかりに反り返っているモノを扱かれ、一の目尻には涙が滲んだ。これほど感じさせられたことはなく、気がおかしくなりそうだったのだ。

「だめ、だ……両方は――」

「いいって言えよ……もっと感じるから」

いやいやと一は首を左右に振った。これ以上感じたら、本当に変になってしまう。

腹を立てたのか、瑳苗は指の動きを止めた。一の分身の根元をぎゅっと掴み、亀頭で前立腺を執拗に擦る。たちまち一は絶頂への階《きざはし》を駆け上がった。

「あ――ああ、あ……ッ――あ、イく……出る……！」

しかし精液をせき止められ、射精には至らなかった。目一杯膨らんだ分身の中で悦楽と痛みが混じりあう。しかも、瑳苗は残酷にも動きを再開したではないか。

「……や、だ……瑳苗――イく……イかせてくれ……ッ――」

分身の根元を掴んでいる手を外そうとするが、奥から迫りくる絶頂の波に翻弄され、力が入らない。それどころか感じやすくなっている鈴口に触れてしまい、一はあられもなく懇願していた。

「イきたい……ッ――我慢できない、イかせてくれ……離して……」

「いいって言えよ……気持ちよくてたまらないって――」

「いい、いい……お前の――すごい、当たって……おかしく、なりそう……っ――！」

「中に……出すぞ――」

もはや、どんな頼みも拒むことは不可能だった。

「……出せ……中に——お前ので、イきたい……ッ——！」

岩のように硬いモノを、瑳苗は一の奥まで突き刺す。同時に指が根元を離れ、すうっと一の先端まで撫で上げた。総毛立ち、身体の奥に痙攣《けいれん》が走った。

「あ……イく……イ……く——っ……！」

一の頭の中は真っ白になった。凄まじい愉悦に貫かれ、瑳苗の分身を締めつける。

「……ッ……」

瑳苗が達し、中に吐精しているのがわかった。

瑳苗の歓喜を背中で味わいながら、一は幸福感に満たされていった。

「次は……」

荒い息を整えようともせず、瑳苗が言った。

「ん……何……？」

「義兄さん、って呼びながらやる」

「バカ……」

一は瑳苗の指に自分のそれを絡めた。

＊＊＊＊＊

「こっちに来いよ」

初めて結ばれてから二週間後の深夜。ソファに座ろうとした一に向かって、暖炉の前に腰を下ろしていた瑳苗が言った。

「え……」

「こっち」

瑳苗が示したのは、己の前だった。

セックスの後、「シャワーを浴びて、ゆったりしよう」という瑳苗の提案に対して一は「ゾンビ映画祭」を提案した。自分の演じた痴態に耐え切れず、ベタベタモードに戻る気になれなかったのだ。瑳苗はそれを渋々受け入れ、暖炉に火を入れて待っていた。

本音をいえば、一だって朝までベタベタしていたい。しかし、どうにも恥ずかしくてたまらない。

初めての晩から二週間、もうあれもこれも試した。抱かれる度に一は敏感になっていき、もう瑳苗無しではいられないとすら思う。にもかかわらず——いやだからこそ、セックスの後はどんな顔をすればいいのか、わからなくなるのだ。

それがいいと瑳苗は言う。しかも会社の廊下などですれ違いざま、とんでもないことを耳打ちするのだ。それもスパイスとなって、夜はいやがうえにも燃えてしまう。会社も家も同じという、嬉し恥ずかしの桃色パラダイス――いや、べったり状態に一は困惑していた。

先週、勝行と俊江が新婚旅行から戻ってきて、少しは邪魔してくれるかと思いきや、祭だオペラだ料理教室だ！　とふたりで出歩いてばかりで、一と瑳苗の桃色パラダイスはいまだ健在だった。

「い……いいよ、こっちで。それより、下が……」

パジャマ姿の一はソファに腰を下ろした。パジャマといっても、バスルームから出たら上しかなかった。下はなぜか、そこにいる瑳苗が穿《は》いている。上半身は当たり前のように裸だ。

「風邪引くから返せよ」

「何のために火を入れたと思ってるんだ」

そう言われては言い返せない。

「あれ、着れば？」

悔しまぎれに一は言ってみた。「あれ」とは、着用してふたりで並ぶと「兄弟上等」と胸部分で文字がつながるデザインのTシャツで、両親の新婚旅行土産のひとつだった。どこで買ったのか、あるいは作ったのかは謎である。ちなみに両親は「夫唱婦随《ふしょうふずい》」バージョンを持っていた。

「お前も着るなら――」

「いい、忘れてくれ」

「じゃあ、ここに座れ。ゾンビ映画につきあうんだ、他は俺に従え」

にらまれ、一は瑳苗の前に座った。背後から瑳苗が抱きしめる。

「いや、あの……」

「映画観るんだろう？　ほら」

瑳苗がリモコンを差し出す。

「これじゃ観にくいって――」

「そんなはずないだろう。観にくいのは俺のほうだ」

「じゃ、やっぱりソファで……」

「だめだ」

確かに観にくいということはない。気が散るだけだ。しかし、何を言っても瑳苗は放してくれそうにない。

「この場所は義弟専用の指定席だ」

「何が義弟だよ……態度、これっぽっちも変わってないくせに」

仕方なく、一はその体勢でリモコンの再生ボタンを押した。画面には映画のオープニングタイトルが流れていく。なんだかんだ言って、こうして瑳苗に背中から抱きしめられると一は身を預けてしまう。

「入江先生、順調だって？」

「うん」

入江は帰郷後、一に「二稿脚本で進めてほしい」と連絡を寄こした。自分にとって大切なのは小説を書くこと、と再認識したそうだ。

家族も映画を楽しみにしており、実家の和菓子店では映画にちなんだ菓子の製造、販売を決定したという。その話を聞いた映画会社は大ノリで作品中にも登場させ、映画館で限定販売したいと言い始めたらしい。気持ちの切り替えが意外な広がりを見せましたね、と入江は一に改めて礼を言ってくれた。

数日前、恒例の「異動希望届」が配られた。締切までにはまだ間があるが、一は初めて破り捨ててしまった。必要ないと言われるまで、『小説マリウス』の味方でいようと決めたのだ。そして仕事のペースは以前のものに戻した。瑳苗は何も言わなかった。

一方、瑳苗には嬉しいニュースがあった。ウイーンに暮らす母、優美から手紙が届いたのだ。「ぜひ、四人で遊びにきてください」というメッセージに、オーストリア人の夫、犬三匹と共に写した写真が添えられていた。

それを見た一は、優美が瑳苗によく似た面ざしの美しい女性だと知った。しかし瑳苗は「お義母さんと同じぐらいか、お義母さんのほうがちょっと上」と発言し、俊江を喜ばせた。

「あっ、次！　次がすげー有名なシーンで……ちょ……っと、どこ触って――」

一は背後を見た。前に回された瑳苗の手がパジャマの中にもぐり込んできたのだ。同時に首筋にも唇が這う。

「瑳苗……やめろって、さっきヤッたばっかじゃ――映画観ろよ！」

「観てる」

「嘘つけ！」

「ドロドロゾンビより、義兄さんのほうがいい……」

乳首を撫でられ、一はビクンと身を震わせた。

「や、めろよ……変なプレイみたいじゃない、か……」

「セックスに変じゃないプレイなんかない」

「屁理屈ばっか——あっ……や、そこ……」

画面では、ゾンビになってしまった弟が実の兄に襲いかかっていた。兄は「やめろ、目を覚ましてくれ！」と叫んでいる。弟は兄の名を呼びながら、突進していく。

「……あっちでも似たようなことしてるじゃないか」

瑳苗が低い声で楽しそうにつぶやいた。

あとがき

こんにちは、もしくは、はじめまして。鳩村《はとむら》衣杏《いあん》です。

この度は『兄弟は恋人の始まり』を手に取っていただき、ありがとうございます。楽しんでいただけたでしょうか？

さて、今回のテーマは「義理の兄弟」です。兄弟物は大好きで、結構書いた……ような気がしていましたが、ラブじゃないほんまもんの兄弟（しかも脇役とか！）が多いだけでした。以前、ゲンキノベルズさんで書かせていただいた『堕天使の背骨』を除けば、「親同士の再婚で～」という鉄板ネタは初めて……だと思います。

大人になってから義理の家族になるのって、いろいろ複雑なんじゃないかな、しかも同僚だったら面倒だよねー……というところから話を作っていきました。でも、書き上がってみたら兄弟物というより、がっつり仕事物になっていたような……。

そして本作の舞台は、同ノベルズの『彼の背に甘い爪痕を残し』、ルナノベルズの『アダルト・エデュケーション　～紳士調教～』にも共通する出版社、常葉《ときわ》出版です。ムービックさんの既刊すべてに登場するとは……別に狙っていたわけではなく、たまたまなんですが、こんなふうに世界がつながるとは思ってもみませんでした。数人だけですが、他作品の「登場人物のその後」にもちょっと触れていますので、探していただければ嬉しいです。

お礼を少し。

イラストの陸裕千景子《りくゆちかこ》さん。端正で艶っぽい……そんな絵柄にずっと憧れていました。大人で同僚で兄弟で……という「横並び」で「等身大」の瑳苗《さなえ》と一《はじめ》にただただウットリです。個人的な事情で原稿が大幅に遅れ、大変ご迷惑をおかけしてしまいましたが、ふたりがくり返すじれったいニアミスを絵にしていただけて、感激しました。ありがとうございました。この場をお借りして、心よりのお礼とお詫びを申し上げます。

編集Kさん、Tさん。今回は本当にお世話になりました！　親身になって支えてくださり、鳩村は入江《いりえ》のように心強かったです。感謝いたします。これからもよろしくお願いいたします。

そして読者の皆さん。いつも応援ありがとうございます。感想・リクエストなどありましたらルナノベルズ編集部、もしくは鳩村衣杏のブログまで、お気軽にお寄せくださいませ。

最後に、小説の神様に。また降りてきてくれますように。

二〇一一年　残雪　　　　　　　　　　　　　　　　　　　　鳩村衣杏

ルナノベルズ既刊案内

アダルト・エデュケーション

〜紳士調教〜

鳩村衣杏 *illust* **祭河ななを**

――巴響市。デザイン会社社長として仕事に追われながらも、気楽な独身生活を存分に謳歌している42歳。だが今、響市は部下であり、取引会社の社長子息でもある伏見成になぜか組み敷かれ、ベッドの上で拘束されていた。しかも、ひと回り以上も年下の成に「あなたの身体に一目惚れしました。なので、自分好みに調教します」と宣言されてしまう。激しく抵抗する響市だったが、立場を利用した脅しと、男を知りつくした成の巧みな愛撫に屈するしかなく……。

ルナノベルズ既刊案内

諦めろ、君はすぐに私のものになる

白銀の虜囚

剛しいら *illust* 海老原由里

元侯爵・有栖川家所有の時価二十億ともいわれるロマノフ王朝の秘宝が盗まれた。国際犯罪専門の特別捜査官である杉浦は、関係者の一人、ロシア人宝石商のユアンに疑いの目を向ける。知的で洗練された優雅な男からは、隠しきれない闇の気配がして、刑事の勘を刺激するのだ。帰国したユアンを追い、日本を立った杉浦は、彼がロシアンマフィアのボス「皇帝《ツァーリ》」だと突き止める。だがユアンの仕掛けた罠に落ち、杉浦は彼に捕えられると、淫らな絶対服従を強いられて——!?

ルナノベルズ既刊案内

さよなら優しい男

火崎　勇　*illust* 木下けい子

ホテルのロビーで自分を見つめ、涙を零す美貌の男に、一瞬で心を奪われたヤクザの海江田。逃がしてはならない——本能の命じるまま、その男・篠原に声をかけた海江田は、素性は訊かないという条件付きながらも、彼と逢瀬の約束を取りつける。遊びの恋とは違う。生真面目で凛とした篠原に海江田は指一本触れず、少しずつ近づく時間を大切にしていた。だが、互いが敵対する立場にあると知った篠原から、もう会わないと告げられ海江田は彼を凌辱してしまい……。

ルナノベルズ既刊案内

パパは王子様

石原ひな子 *illust* サマミヤアカザ

家族と縁の薄い雅己に、たったひとり遺されたのは、姉の忘れ形見の譲。けれど幼い譲は病弱で手がかかり、生活は安定せず、貯金も底をついてしまった。そんな時、譲の叔父だと名乗る金髪碧眼の美丈夫が雅己を訪ねてくる。大勢の男たちを従えた彼の正体は、ジェルヴァレンの王子・ジュリアン。会うなり、亡くなった兄の隠し子である譲を渡せと言われ、雅己は戸惑う。だがそんなことなどお構いなしで、彼は一方的に話を進めると、譲ごと雅己を攫って——!?

ルナノベルズ既刊案内

哀しくて、愛しい

愁堂れな *illust* 小山田あみ

交通事故で妻子を亡くした和也は、葬儀のあと、現場を見下ろせる歩道橋の上で、ぼんやりと佇んでいた。「飛び降りんなよ」夕闇がせまる頃、そう和也に声をかけてきたのは、繁華街でよくみかけるような若い男。屈託ないその男・安原に誘われるまま、部屋にあがった和也だが、無防備に眠ったところを襲われてしまう。尽きることない若い男の性欲に乱されるうち、いつしか和也は現実を忘れて……!?　その日から古びたアパートの一室で爛れた同棲生活が始まり——。

ルナノベルズ既刊案内

これから自分は貪られるのだ、
この最悪な男に

夢も見ないで眠る

榊 花月 *illust* 周防佑未

一見、平凡な会社員の深代はある事件について刑事の高藤から事情聴取を受けることに。誰にも知られたくない忌まわしい過去を持つ深代は、関わり合いになるのを恐れるあまり、かえって高藤の目を惹いてしまう。何もかも見透かすような鋭い視線の男は、深代が周到に隠してきた秘密を暴きたて服従を強いると、その肉体を凌辱し尽くした。初めて知る男の味に、深代の身体に流れる淫蕩な血が騒ぎだす。乱れる深代を前に、高藤の執着は更に激しさを増していき——!?

ルナノベルズをお買い上げいただき
ありがとうございます。
この作品に対するご意見、
ご感想をお待ちしております。

〒173-8558　東京都板橋区弥生町77-3
株式会社ムービック　第6事業部
ルナノベルズ編集部

LUNA NOVELS

兄弟は恋人の始まり

著者　鳩村衣杏 ©Ian Hatomura　2011
発行日　2011年3月5日　第1刷発行
発行者　松下一美
編集者　林　裕
発行所　株式会社ムービック
〒173-8558 東京都板橋区弥生町77-3
TEL 03-3972-1992　FAX 03-3972-1235
http://www.movic.co.jp/book/luna/

ISBN 978-4-89601-789-2 C0293
Printed in JAPAN